LE CAFÉ D

Né en 1971, Toshikazu K
Tant que le café est encor
pièce de théâtre, qui a rempo
matique de Suginami. Vendu à plus de un million d
au Japon, son roman est aujourd'hui un best-seller international. *Le Café du temps retrouvé* en est la suite.

Paru au Livre de Poche :

Tant que le café est encore chaud

TOSHIKAZU KAWAGUCHI

Le Café du temps retrouvé

ROMAN TRADUIT DU JAPONAIS PAR MATHILDE TAMAE-BOUHON

ALBIN MICHEL

Titre original :
KONO USO GA BARENAI UCHI NI
Publié chez Sunmark Publishing, Inc., Tokyo, Japon, en 2017.

ISBN : 978-2-253-24832-3 – 1re publication LGF

1

Le meilleur ami

Vingt-deux années durant, Gôtarô Chiba avait menti à sa fille.

«*Le plus difficile, dans la vie, est de vivre sans mentir*», disait Dostoïevski. Les gens ont toutes sortes de raisons de mentir. Certains le font pour se mettre en valeur, d'autres pour tromper leur monde. Si le mensonge peut parfois blesser, il arrive également qu'il sauve des vies. Dans la plupart des cas, cependant, les menteurs regrettent d'y avoir eu recours.

Gôtarô n'échappait pas à la règle, lui qui venait de passer les trente dernières minutes à faire les cent pas devant la porte d'un café où l'on pouvait remonter le temps en répétant dans sa barbe : «Je n'avais pas eu l'intention de mentir.»

Le café en question se trouvait à quelques minutes à pied de la gare de Jinbôchô, dans une étroite ruelle perdue entre des immeubles de bureaux. Seule une pancarte indiquait sa présence : *Funiculi funicula*.

Sans cette enseigne, personne n'aurait pu se douter qu'il y avait un café à cet endroit, car l'établissement se situait au sous-sol.

Gôtarô descendit les marches menant à la porte ouvragée devant laquelle il s'arrêta, marmonnant encore quelques mots avant de secouer la tête et de faire demi-tour, puis de se figer de nouveau au milieu de l'escalier, l'air songeur. Il fit plusieurs fois l'aller-retour ainsi, sans pouvoir se décider.

— Pourquoi ne pas poursuivre votre réflexion à l'intérieur ?

À ces mots, il se retourna en sursaut. Une femme menue se tenait devant lui, vêtue d'une chemise blanche, d'un gilet noir et d'un tablier de sommelier. Une employée du café, comprit aussitôt Gôtarô.

— Eh bien…

Alors qu'il cherchait ses mots, l'inconnue le dépassa pour descendre rapidement l'escalier.

Ding-dong.

L'écho de la clochette résonna dans l'air tandis qu'elle pénétrait dans l'établissement.

Elle ne l'avait pas forcé à la suivre. Il avait simplement cru sentir passer une brise fraîche qui l'avait laissé avec une sensation étrange, comme si son cœur avait été mis à nu.

Si Gôtarô avait ainsi hésité dans l'escalier, c'est pour la simple raison qu'il n'était guère convaincu que ce café fût le célèbre « café où l'on peut remonter le temps ». Si la rumeur que lui avait rapportée son vieil ami, et à laquelle il avait cru, n'était qu'une histoire à dormir debout, Gôtarô serait bientôt un client des plus embarrassés.

Même s'il était vraiment possible d'y remonter le temps, il y avait, semblait-il, quelques règles contraignantes à respecter. La première ? De retour dans le passé, quels que soient les efforts, on ne pouvait changer le présent.

À quoi bon tenter le voyage, dans ce cas ? s'était demandé Gôtarô lorsqu'il avait pris connaissance de ce précepte.

Pourtant, le voilà qui se tenait devant la porte, avec une idée en tête : *J'ai tout de même envie d'essayer.*

La femme qui venait de passer avait-elle lu dans ses pensées ? Aucun doute, sinon elle lui aurait adressé une formule plus banale, un « Que puis-je faire pour vous ? » par exemple.

Au lieu de quoi, elle lui avait demandé : « Pourquoi ne pas poursuivre votre réflexion à l'intérieur ? »

Autrement dit : *Certes, vous pouvez retourner dans le passé, mais que diriez-vous de prendre votre décision une fois que vous serez entré ?*

Passé la question de savoir comment elle avait fait pour deviner ses intentions, Gôtarô ne put s'empêcher de nourrir une pointe d'espoir. D'une remarque anodine, cette femme avait achevé de le convaincre.

Avant même de s'en rendre compte, il avait pressé la poignée et ouvert la porte.

Ding-dong.

Gôtarô entra dans le café dans lequel, selon la rumeur, on pouvait remonter le temps.

Âgé de cinquante et un ans, Gôtarô Chiba était de stature robuste – souvenir de ses années de rugby, qu'il avait pratiqué au lycée et à l'université. Aujourd'hui encore, il portait des costumes XXL. Il vivait avec sa fille, Haruka, qui allait fêter ses vingt-trois ans cette année et qu'il avait élevée seul. « Ta mère est morte de maladie quand tu étais petite », lui avait-il expliqué. Elle l'aidait à présent à faire tourner la *Cantine Kamiya*, un petit restaurant à menu fixe situé à Hachioji, dans la métropole de Tôkyô.

La grande porte en bois ouvragé, haute de deux mètres, ne s'ouvrait pas directement sur le café même, mais sur un étroit vestibule. En face de lui, Gôtarô vit l'entrée des toilettes ; à sa droite, vers le milieu du couloir, il aperçut celle de la salle à proprement parler.

À l'intérieur, son regard croisa celui d'une femme assise au comptoir.

— Kazu, tu as du monde ! lança-t-elle aussitôt en direction de l'arrière-salle.

À ses côtés se tenait un petit garçon en âge d'aller à l'école. Une table, tout au fond, était occupée par une femme vêtue d'une robe blanche à manches courtes. Le teint pâle, la silhouette élancée, elle lisait un roman en silence, sans se soucier de son environnement.

— Asseyez-vous donc. La serveuse revient de faire une course, elle sera à vous tout de suite.

L'inconnue installée au comptoir s'adressait à Gôtarô comme à un client familier. Elle devait faire partie des habitués. Pour toute réponse, il se contenta de lui adresser un signe de tête poli. Il la sentait qui le dévisageait avec insistance, comme pour l'inviter à lui poser toutes les questions qu'il voulait au sujet de cet endroit. Feignant de ne pas l'avoir remarqué, il prit place à la table la plus proche de l'entrée et parcourut la salle du regard.

Trois immenses horloges antiques se dressaient le long du mur, hautes jusqu'au plafond. Un ventilateur tournait lentement, fixé à la croisée de poutres en bois naturel. Les murs en terre, d'une élégante teinte beige rappelant le *kinako*, cette poudre de soja grillé, étaient couverts d'une patine déposée là par les ans. Dénué de fenêtres, éclairé par la seule lueur de lampes à abat-jour suspendues au plafond, le sous-sol baignait dans une ambiance sépia.

— Bienvenue !

La femme croisée plus tôt devant le café émergea de l'arrière-salle et posa un verre d'eau devant Gôtarô.

Elle s'appelait Kazu Tokita. Ses cheveux mi-longs attachés en queue-de-cheval, vêtue d'une chemise blanche agrémentée d'un nœud papillon, d'une ceinture et d'un tablier de sommelier noirs, elle travaillait comme serveuse au café *Funiculi funicula*.

Avec son teint pâle et ses yeux en amande, elle avait des traits gracieux mais banals. Si l'on fermait les paupières après l'avoir vue une seule fois, on était bien en peine de se rappeler à quoi elle ressemblait. C'était une jeune femme plutôt effacée, qui allait sur ses vingt-neuf ans.

— Ah, est-ce bien ici que… comment dire…, bredouilla Gôtarô, confus.

Comment aborder le sujet, au juste ? Kazu posa sur lui un regard franc puis fit volte-face avec grâce.

— À quel moment du passé souhaitez-vous retourner ? lui demanda-t-elle, le dos tourné.

Le gargouillis du café passant dans le siphon retentit depuis la cuisine.

Comme je m'en doutais, cette serveuse lit dans mes pensées…

L'odeur qui affluait dans la pièce réveilla en lui les souvenirs de cette fameuse journée.

C'est devant ce café que Gôtarô Chiba avait revu Shûichi Kamiya pour la première fois en sept ans. Étudiants, les deux hommes avaient évolué dans la même équipe universitaire de rugby.

À l'époque, Gôtarô avait perdu son logement et vu tous ses biens saisis après que la société d'un ami, pour lequel il s'était porté garant, avait fait faillite. Il portait des vêtements sales et il sentait mauvais. Malgré tout, Shûichi ne semblait pas mécontent de le voir ; il s'était même félicité de cette rencontre fortuite.

C'est lui qui avait invité Gôtarô dans ce café, où il avait écouté son histoire.

— Tu devrais travailler dans mon restaurant, lui avait-il alors proposé.

Son diplôme universitaire en poche, Shûichi avait été recruté par une équipe de rugby professionnelle, mais sa carrière, brutalement écourtée par une blessure, n'avait même pas duré un an – après quoi il avait trouvé un emploi dans une chaîne de restauration à l'occidentale basée à Ôsaka.

Éternel optimiste, le jeune homme avait vu dans ce revers une opportunité ; travaillant deux, voire trois fois plus dur que quiconque, il s'était vite trouvé propulsé directeur régional, en charge de sept enseignes. À son mariage, cependant, il avait décidé de voler de ses propres ailes et d'ouvrir une petite cantine avec sa femme. L'affaire tournait bien, à présent, et manquait de personnel, disait-il.

— En venant travailler chez nous, tu me rendrais un fier service.

Épuisé par la pauvreté, au point qu'il en avait perdu tout espoir, Gôtarô avait hoché discrètement la tête, ému aux larmes par les propos de son ami.

— Dans ce cas, allons-y !

Shûichi s'était levé d'un bond, repoussant sa chaise avec fracas.

— Je vais te montrer ma fille, avait-il ajouté, un sourire radieux sur le visage.

L'annonce avait interloqué Gôtarô ; lui-même n'était pas encore marié.

— Ta fille ? avait-il répété, les yeux ronds.

— Oui, elle vient de naître, un vrai petit amour !

Ravi par la réaction de son ami, Shûichi avait saisi l'addition.

— Je souhaite régler.

Derrière la caisse se tenait un lycéen d'allure revêche avec ses yeux fendus et étroits, qui devait mesurer pas loin de deux mètres.

— 760 yens, s'il vous plaît.

— Tenez.

Gôtarô comme Shûichi étaient de taille imposante. Mais devant ce jeune homme qui les dépassait tous les deux, ils n'avaient pu s'empêcher d'échanger un regard, suivi d'un petit rire. Sans doute avaient-ils pensé la même chose : *Ce gars-là est bâti pour jouer au rugby.*

— Voilà pour vous.

Après avoir récupéré sa monnaie, Shûichi s'était dirigé vers la sortie.

Avant de se retrouver à la rue, Gôtarô avait mené une existence plutôt confortable, lui qui avait hérité de l'entreprise de son père, dont le chiffre d'affaires dépassait les cent millions de yens par an.

Gôtarô était d'un naturel sérieux – mais l'argent, ça vous change un homme. Il dépensait sans compter ; il fut même un temps où il pensait que tout était possible tant qu'on disposait de liquidités. Pourtant, après que la société pour laquelle il s'était porté garant avait déposé le bilan, il s'était vu contraint de mettre la clef sous la porte à son tour, accablé par les obligations de paiement.

Lorsque Gôtarô s'était retrouvé sans le sou, tout son entourage s'était empressé de couper les ponts avec lui. Ceux qu'il avait jusque-là considérés comme ses amis lui avaient tourné le dos, allant jusqu'à lui dire en face qu'« un type fauché n'a plus la moindre valeur ».

Shûichi, lui, avait traité Gôtarô comme un être précieux, même s'il avait tout perdu.

Rares sont les personnes prêtes à aider leur prochain dans le besoin sans rien espérer en retour. Shûichi Kamiya était de celles-là. Alors qu'il avait emboîté le pas à son ami, les yeux rivés sur son dos, Gôtarô s'en était fait le serment : il lui rendrait un jour la pareille, sans faute.

Ding-dong.

— C'était il y a vingt-deux ans.

Gôtarô Chiba tendit la main vers le verre d'eau posé devant lui et rafraîchit sa gorge desséchée avant de laisser échapper un petit soupir. Il gardait un air juvénile en dépit de ses cinquante et un ans, mais sa chevelure avait commencé à grisonner.

— Après cela, je me suis empressé d'apprendre le métier, dès le premier jour, pour travailler dur aux côtés de Shûichi. Mais un an plus tard, dans un accident de voiture, lui et sa femme…

Les faits avaient beau remonter à plus de vingt ans, Gôtarô s'étrangla sur ces mots, les yeux rougis, comme si le choc ne s'était toujours pas estompé.

Sluuurp !

C'est le moment que choisit le petit garçon assis au comptoir pour aspirer bruyamment les dernières gouttes de son jus d'orange avec sa paille.

— Et ensuite ? s'enquit Kazu d'un ton détaché, sans cesser de s'activer.

Quelle que soit la gravité du sujet, elle ne changeait jamais d'attitude. Il s'agissait là d'une posture – sa façon à elle de maintenir une distance avec les autres, sans doute.

— J'ai décidé d'élever la fille que Shûichi avait laissée…, ajouta Gôtarô comme pour lui-même, le regard baissé, avant de se lever lentement. Je vous en supplie, reprit-il, laissez-moi retourner à ce jour, il y a vingt-deux ans.

À ces mots, il s'inclina, son grand buste plié, la tête courbée encore plus bas.

Ce café n'était autre que le *Funiculi funicula*, un établissement devenu célèbre voilà une dizaine d'années comme celui où l'on pouvait « remonter le temps », selon la légende urbaine.

Ce genre d'histoires est généralement inventé de toutes pièces ; on disait pourtant qu'il était réellement possible de voyager dans le temps à l'intérieur de ce café.

À présent encore, ce ne sont pas les anecdotes qui manquent, comme celle de cette femme retournée voir son ex-petit ami, ou de cette autre allée à la rencontre de sa sœur cadette morte dans un accident de voiture, ou encore de cette troisième, partie rendre visite à son mari avant qu'il ne perde la mémoire.

Mais pour retourner dans le passé, il y avait quelques règles contraignantes, pour ne pas dire pénibles, à respecter.

Première règle : même de retour dans le passé, vous ne pouviez rencontrer que des individus ayant visité ce café.

Si la personne que vous souhaitiez revoir n'y avait jamais mis les pieds, vous auriez beau remonter le temps, la rencontre serait impossible. En d'autres termes, même si certaines personnes traversaient le pays afin de tenter l'expérience, pour la plupart, ce serait peine perdue.

Deuxième règle : même de retour dans le passé, quoi que vous fassiez, vous ne pouviez changer la réalité.

C'était la règle qui poussait la plupart des clients à repartir déçus, pour la simple et bonne raison que c'était surtout pour corriger leurs erreurs passées qu'ils souhaitaient remonter le temps. Lorsqu'ils apprenaient qu'ils ne pouvaient changer l'état actuel des choses, rares étaient ceux qui maintenaient leur requête.

Troisième règle : un siège seulement permettait de remonter le temps – un siège déjà occupé par une cliente. Vous ne pouviez prendre sa place qu'à un moment bien précis : lorsqu'elle se rendait aux toilettes.

On savait qu'elle s'y rendait une fois par jour, sans faute, mais quand ? Personne ne pouvait le prédire.

Quatrième règle : de retour dans le passé, vous ne pouviez plus bouger de votre siège. Si, par mégarde, vous vous leviez, vous étiez ramené de force dans le présent. Donc, même si vous remontiez le temps, vous ne pouviez sortir du café.

Cinquième règle : le retour dans le passé ne pouvait se faire qu'entre l'instant où l'on vous servait le café et celui où il aurait refroidi. De plus, il ne pouvait pas vous être servi par n'importe qui. À l'heure actuelle, seule Kazu Tokita était en mesure de verser le café permettant de remonter le temps.

En dépit de ces règles, il se trouvait toujours des clients pour venir, attirés par la rumeur, demander à retourner dans le passé.

Gôtarô en faisait partie.

— Une fois dans le passé, qu'avez-vous l'intention de faire ? demanda la femme installée au comptoir.

Elle s'appelait Kyôko Kijima. Cliente régulière du café, c'était une femme au foyer âgée de la quarantaine. Sa présence à ce moment-là relevait du hasard. Était-ce la première fois qu'elle voyait un client demander à remonter le temps ? Elle dévisageait Gôtarô avec curiosité, sans même s'en cacher.

— Pardonnez ma question, mais quel âge avez-vous ?

— Cinquante et un ans, répondit Gôtarô.

Les mains jointes sur la table, le regard fixe, il demeurait figé, comme s'il s'était senti agressé par cette question – qu'est-ce qu'un adulte de son âge fabriquait, à discuter de ces histoires de voyages dans le temps ?

— Excusez-moi… Mais ne craignez-vous pas que cela lui fasse un choc ? Si ce… comment s'appelait-il déjà – Shûichi ?… – vous voyait soudain apparaître devant lui, vieilli de vingt-deux ans ?

Gôtarô resta tête baissée. Kyôko se tourna alors vers Kazu.

— Tu n'es pas de cet avis ?

— Certes, répondit-elle.

Mais elle ne semblait guère convaincue.

— Maman, le café va refroidir ! chuchota le garçonnet, désœuvré maintenant qu'il avait fini son verre de jus d'orange.

Il s'appelait Yôsuke Kijima. Fils de Kyôko, il allait rentrer en quatrième année de primaire. C'était un fan de football aux cheveux raides et au visage bronzé, vêtu d'un maillot du Meitoku FC floqué du numéro 9.

Il faisait allusion au café à emporter emballé dans le sac en papier posé sur le comptoir, près de sa mère.

— Aucune importance. Grand-mère n'aime pas les boissons trop chaudes, de toute façon, répondit Kyôko, avant de lui glisser à l'oreille : Attends encore une minute, d'accord ?

Puis elle jeta un regard furtif à Gôtarô, à l'affût d'une réponse.

L'homme leva le nez, comme ragaillardi.

— Vous avez raison, cela lui ferait un choc, murmura-t-il.

— N'est-ce pas ? acquiesça Kyôko d'un air satisfait.

Tout en écoutant leur échange, Kazu servit un nouveau jus d'orange à Yôsuke, qui inclina la tête.

— Mais s'il est vraiment possible de retourner dans le passé, il y a un message que je tiens à transmettre à Shûichi, ajouta Gôtarô en s'adressant à la serveuse, alors que c'était la cliente qui lui avait posé la question.

À ces mots, sans changer d'expression, la jeune femme contourna le comptoir pour venir se planter devant lui. Il arrivait de temps à autre que des clients, attirés par la rumeur, viennent se renseigner, à l'instar de Gôtarô. Quelle que soit leur identité, l'employée ne changeait jamais d'attitude.

— Êtes-vous au fait des règles ? lui demanda-t-elle.

Car certains parmi les curieux ne les connaissaient pas.

— Plus ou moins, marmonna Gôtarô.

— « Plus ou moins » ? répéta Kyôko, étonnée.

Elle fut bien la seule à réagir.

Kazu se contenta de lui jeter un regard en biais, avant de se tourner vers Gôtarô, comme si la cliente avait mis dans le mille avec sa question.

— Tout ce que je sais, c'est que si l'on prend place sur un certain siège et que l'on s'y fait servir du café, on peut retourner dans le passé…, hasarda Gôtarô, l'air gêné.

Puis il déglutit, nerveux, et attrapa le verre devant lui.

— Dans les grandes lignes, c'est cela. Qui vous l'a raconté ? s'enquit Kyôko.

— Shûichi lui-même.

— Pardon ? Il vous en aurait donc parlé il y a vingt-deux ans ?

— En effet, la première fois que nous sommes venus dans ce café. Visiblement, il était déjà au courant de la rumeur avant même d'y avoir mis les pieds.

— Intéressant.

— Voilà pourquoi je me dis que, passé la première surprise, il devrait se remettre assez vite si j'apparaissais devant lui, ajouta Gôtarô après un instant de réflexion.

— Alors, Kazu ? lança Kyôko, comme si elle demandait la permission pour elle-même.

La serveuse ignora cependant sa question.

— Avez-vous conscience qu'une fois de retour dans le passé, vous ne pourrez pas changer le cours des choses ? demanda-t-elle à voix basse.

Vous ne pourrez pas empêcher la mort de votre ami, semblait-elle sous-entendre.

C'était l'un des objectifs les plus courants des clients. L'employée se devait donc de leur expliquer cette règle. Non que la jeune femme ne puisse comprendre le chagrin de ces personnes ayant perdu un être cher, bien entendu. Mais cette règle s'appliquait sans exception, quel que soit le client – et quelles que soient ses raisons.

— Je comprends, oui, répondit simplement Gôtarô d'une voix neutre, sans s'émouvoir de ces explications.

Ding-dong.

Une fillette pénétra dans le café.

— Ah, te voilà rentrée ! lança Kazu.

L'enfant, nommée Miki Tokita, n'était autre que la fille du patron, Nagaré Tokita.

— Me revoilà, parbleu ! proclama-t-elle d'une voix forte, un cartable rouge fièrement calé sur son dos.

L'annonce, curieuse, résonna dans la salle.

— Tiens, Miki ! Qu'est-ce que tu fais avec ce cartable ? lui demanda Kyôko.

— C'est elle qui me l'a acheté ! répondit la fillette avec un sourire joyeux, l'index pointé sur Kazu.

— Tu en as, de la chance ! (Kyôko se tourna vers la serveuse avant d'ajouter à voix basse :) Mais ce n'est pas demain, la rentrée ?

La remarque n'était ni moqueuse ni réprobatrice. La silhouette de Miki paradant à travers le quartier avec son cartable tout neuf, tellement heureuse de ce cadeau qu'elle ne pouvait attendre la rentrée pour l'exhiber, avait quelque chose d'attendrissant.

— Tout juste, confirma Kazu, tandis qu'un sourire discret dansait au coin de ses lèvres.

— Comment va grand-mère Kinuyo ? s'enquit Miki d'une voix toujours aussi forte.

— Elle va bien, merci ! Aujourd'hui encore, je suis venue chercher pour elle un café et un de ces sandwiches dont ton papa a le secret, répondit Kyôko en brandissant son sac en papier.

À côté d'elle, le dos tourné à la fillette, Yôsuke sirotait bruyamment son deuxième verre de jus d'orange.

— Mais elle n'en a pas assez de manger tous les jours les sandwiches de papa ?

— Au contraire, elle adore ses sandwiches et son café.

— Moi je ne les trouve pas si bons que ça, ses sandwiches..., rétorqua Miki sans baisser le ton.

— Qu'entends-je ? Qui ose se plaindre de mes sandwiches ? s'insurgea une voix bourrue depuis la cuisine.

Aussitôt, une silhouette massive apparut dans la salle.

Grand de près de deux mètres, Nagaré était le patron du café et le père de Miki. Son épouse, Kei, qui avait toujours eu le cœur fragile, avait quitté ce monde peu de temps après avoir donné naissance à leur fille, six ans plus tôt.

— Bon, ben, sur ce, je me taille ! annonça Miki sans accorder la moindre attention à la plaisanterie paternelle.

Après avoir adressé un signe de tête à Kyôko, elle disparut dans la pièce du fond.

— « Je me taille » ? s'étonna Kyôko.

Elle jeta à Nagaré un regard, comme pour lui demander : *Où a-t-elle appris à parler comme ça ?*

— C'était quoi, ce cirque ? marmonna le patron en secouant la tête.

Yôsuke, qui suivait leur échange d'un air distrait, tapota l'index contre le bras de sa mère.

— Allez, maman, on y va, s'impatienta-t-il.

— Oui, oui, pardon, s'excusa-t-elle avant de se lever précipitamment de son siège. Bon, ben, nous aussi, on se taille, annonça-t-elle.

Elle confia son sac en papier à son fils pour rejoindre la caisse, sans même vérifier l'addition, et régla le café, le sandwich et les boissons de Yôsuke – y compris le deuxième verre de jus d'orange servi par Kazu.

— Le deuxième verre est offert, déclara Kazu.

Laissant le montant correspondant sur le comptoir, la serveuse actionna la caisse enregistreuse avec fracas.

— Je ne peux pas accepter.

— C'est moi qui lui ai servi, sans qu'il me le demande.

Kyôko n'avait nullement l'intention de reprendre la somme. Kazu, elle, avait encaissé le reste et lui tendait déjà son ticket.

— Tu es sûre ?

Kyôko hésita un instant avant de céder devant la détermination de la serveuse et de ranger sa monnaie avec un « merci ».

— Passez le bonjour à Mme Kinuyo, dit Kazu en s'inclinant poliment.

La serveuse avait fréquenté le cours de dessin de Mme Kinuyo depuis l'âge de sept ans ; c'était la vieille dame qui l'avait encouragée à passer le concours d'entrée aux Beaux-Arts. Son diplôme en poche, elle avait commencé par enseigner à mi-temps dans la classe de son ancienne professeure, avant de prendre complètement le relais lorsque celle-ci avait dû être hospitalisée.

— Je sais que tu es très occupée avec le café, Kazu, mais je compte sur toi pour assurer encore les cours de la semaine prochaine.

— Pas de problème.

— Merci pour le jus d'orange, lança Yôsuke, avant d'adresser un signe de tête à Kazu et à Nagaré, puis de sortir.

Ding-dong.

— Bien.

À son tour, Kyôko les salua d'un geste de la main et disparut à la suite de son fils.

Ding-dong.

Soudain, le silence s'abattit dans la salle.

Il n'y avait pas de musique de fond dans ce café, si bien que lorsque personne ne parlait, c'était si calme qu'on entendait la femme en blanc tourner les pages de son roman.

— Comment va Kinuyo ? demanda Nagaré, comme pour lui-même, tout en essuyant un verre.

Pour toute réponse, Kazu se contenta de baisser la tête.

— Je vois, marmonna le patron avant de s'éclipser dans l'arrière-salle.

Dans le café, il ne restait plus que Gôtarô, Kazu et la femme en blanc.

— Si cela ne vous ennuie pas, voulez-vous bien m'en dire plus ? demanda la serveuse en débarrassant le comptoir.

Gôtarô lui lança un bref regard et prit une profonde inspiration.

— À vrai dire…

Sans doute n'avait-il pas prévu de devoir s'expliquer – ou tout du moins avait-il rechigné à le faire devant une tierce personne comme Kyôko. Mais à présent, il n'y avait plus que la femme à la robe blanche. Gôtarô commença donc à répondre par bribes à la question de la serveuse :

— C'est parce que ma fille va se marier.

— Se marier ?

— Oui, mais en réalité, c'est la fille de Shûichi, murmura l'ancien rugbyman. Alors, je me disais que, si c'était possible, ce serait bien qu'elle voie son vrai père…

Il sortit de la poche intérieure de son costume un appareil photo numérique très plat.

— Si je pouvais même lui faire enregistrer un message…, dit-il d'une voix empreinte d'une tristesse ineffable.

— Et ensuite ? murmura Kazu sans le quitter des yeux.

Que comptait-il faire une fois que sa fille aurait appris la vérité ?

Gôtarô sentit son cœur se serrer.

Cette serveuse n'est pas du genre à s'en laisser conter…

Comme s'il s'agissait d'un discours préparé, il répondit :

— Alors, mon rôle de père adoptif prendra fin.

C'était grâce au rugby que Gôtarô et Shûichi s'étaient rencontrés, alors qu'ils n'étaient encore qu'en primaire.

Ils évoluaient dans des équipes différentes, et s'affrontaient parfois lors des matches. À l'époque, cependant, chacun ne prêtait guère attention à l'autre. Scolarisés dans des établissements distincts, ils avaient continué de pratiquer cette discipline et, à force de jouer l'un contre l'autre, en étaient venus à faire connaissance.

Ce n'est qu'après être entrés par hasard dans la même université qu'ils avaient fini par jouer ensemble. Gôtarô occupait la position d'arrière, Shûichi celle de demi d'ouverture.

En tant que tel, Shûichi portait le numéro 10, et sa position faisait de lui la star de l'équipe – un peu à la manière de l'attaquant-vedette au football.

Shûichi faisait preuve d'un talent incontesté dans ce rôle.

Alors surnommé «le Visionnaire», il se distinguait par des actions miraculeuses lors des matches. «Serait-il capable de prédire l'avenir?» murmurait-on sur son passage.

Chaque équipe de rugby compte quinze joueurs, répartis entre dix positions différentes. Ce qui n'empêchait pas Shûichi de connaître le caractère, les forces et les faiblesses de chacun de ses équipiers, et de pouvoir ainsi juger lequel serait le plus performant dans chaque rôle. Tant et si bien que tous, y compris ses aînés, s'attendaient à le voir rapidement promu capitaine du club.

Gôtarô, lui, avait occupé toutes sortes de postes depuis ses années de primaire. Comme il n'était pas du genre à refuser de rendre service, on lui demandait souvent de prendre les positions vacantes.

C'est Shûichi qui lui avait assigné le rôle d'arrière. Décrit comme « le dernier bastion », l'arrière est un joueur essentiel au rugby – il doit tacler les adversaires ayant franchi la ligne de défense de son équipe afin de les empêcher de marquer l'essai.

Si Shûichi avait proposé à Gôtarô de jouer arrière, c'était parce qu'il était justement doué pour les tacles. Pas une fois, lors de leurs rencontres au collège et au lycée, l'attaquant star n'avait été capable d'échapper à sa vigilance. L'idée qu'il puisse jouer au bénéfice de leur équipe le remplissait d'aise. La protection offerte par ce mur d'acier permettrait à Shûichi de se lancer dans des attaques audacieuses. « Avec toi pour assurer mes arrières, j'ai l'esprit tranquille », avait-il l'habitude de lui dire avant chaque match.

Puis, sept ans après la fin de leurs études supérieures, les deux coéquipiers s'étaient retrouvés devant ce café.

Ils s'étaient ensuite rendus au domicile de Shûichi, où les avait accueillis son épouse, Yôko, avec leur fille tout juste née, Haruka.

Shûichi avait-il contacté sa femme au préalable ? À leur arrivée, un bain attendait leur invité malodorant.

— C'est donc toi, le fameux arrière ? lui avait lancé Yôko sans plus de cérémonie. Mon mari m'a beaucoup parlé de toi, tu sais.

Originaire d'Ôsaka, Yôko n'avait rien à envier à son conjoint en matière de convivialité. C'était un moulin à paroles qui ne s'arrêtait que pour dormir, une boute-en-train qui aimait faire rire son entourage. Aussi vive d'esprit que prompte à l'action, elle avait réussi, en moins de vingt-quatre heures, à dénicher logement et habits pour leur ami.

Depuis la faillite de son entreprise, Gôtarô se méfiait des gens, mais, après avoir passé deux mois à aider Shûichi dans son restaurant, l'avenir avait commencé à lui sourire de nouveau, semblait-il.

Chaque fois qu'un habitué venait à leur cantine, Yôko lui présentait leur nouvel employé comme «le plus fidèle coéquipier de son mari à l'université». Dans ces moments-là, Gôtarô se surprenait à bredouiller avec optimisme : «Je m'entraîne pour laisser le même souvenir dans ce restaurant.»

Tout paraissait se dérouler pour le mieux.

Mais par une après-midi des plus banales, Yôko s'était plainte d'une violente migraine. Shûichi avait décidé de l'emmener à l'hôpital. Il n'était pas question de fermer le restaurant, aussi Gôtarô était-il resté sur place, tout en gardant un œil sur Haruka.

C'était un jour radieux, au ciel d'azur sans nuages, où les pétales de cerisier dansaient sans un bruit, tels des flocons de neige printaniers.

— Je te confie Haruka, avait lancé Shûichi depuis le vestibule.

Gôtarô ne l'avait plus jamais revu.

C'est ainsi que Haruka s'était retrouvée orpheline dès l'âge d'un an, alors que ses grands-parents paternels et maternels étaient déjà décédés. En voyant la petite toute perdue aux funérailles de ses parents, Gôtarô s'en était fait le serment : il allait élever lui-même cette enfant.

Dong, dong, dong…

La cloche de l'horloge centrale sonna huit coups.

Gôtarô leva brusquement la tête. Les paupières lourdes, il était désorienté.

— Où suis-je… ?

Balayant les lieux du regard, il reconnut la salle sépia éclairée par la seule lueur des lampes à abat-jour. Au plafond, un ventilateur qui tournait lentement ; des poutres et des piliers d'un marron profond. Trois grandes pendules se dressaient contre le mur, visiblement anciennes.

Il fallut un peu de temps à l'ancien rugbyman pour comprendre qu'il s'était endormi. Il n'y avait plus que la femme en blanc dans la salle.

Il se claqua les deux joues et rassembla ses souvenirs. « On ne sait jamais quand le siège permettant de retourner dans le passé se libérera », lui avait expliqué Kazu. Après quoi, il avait dû s'assoupir. Comment avait-il pu piquer du nez alors qu'il venait de prendre une décision aussi importante ? Et que dire d'une serveuse capable d'abandonner un client dans pareilles circonstances ?

Gôtarô se redressa.

— S'il vous plaît ? lança-t-il vers l'arrière-salle.

Pas de réponse.

Il jeta un œil à l'une des pendules, avant de consulter la montre qu'il portait au poignet.

C'était le premier détail qui avait éveillé sa curiosité en arrivant dans le café, ces trois antiques pendules. Chacune affichait une heure différente. On lui avait dit que deux d'entre elles étaient déréglées : l'une avançait, l'autre avait du retard. On avait beau les réparer, rien n'y faisait.

— Vingt heures douze…

Gôtarô dirigea son regard vers la femme en blanc.

Parmi les histoires que lui avait racontées Shûichi au sujet de cet établissement, l'une lui revenait clairement en mémoire : « Le siège permettant de remonter le temps est occupé par un fantôme. »

Cela lui avait semblé tellement absurde et incroyable qu'il l'avait retenue mot pour mot.

Impassible, la femme continuait de lire son roman, sans se préoccuper du reste.

Hmm… ?

Alors qu'il regardait le visage de la lectrice, Gôtarô eut l'étrange impression de l'avoir déjà rencontrée quelque part – chose impossible si elle était véritablement un spectre. Il secoua la tête, comme pour chasser cette pensée.

Soudain, la femme à la robe blanche referma son livre avec un bruit sec qui résonna dans la pièce. *Badam.* Le cœur au bord des lèvres, Gôtarô manqua tomber de son siège. De la part d'une simple humaine, le geste de cette femme ne l'aurait pas mis dans un tel état, mais après avoir entendu dire qu'il s'agissait d'un fantôme… Même sans croire à la rumeur, difficile de chasser de son esprit l'association « fantôme = étrange ».

— …

L’échine parcourue d’un filet de sueur, Gôtarô demeura un instant figé.

Sans se soucier de sa réaction, la femme en blanc se leva en silence et se glissa hors de son siège, puis, son livre serré sous le bras, se dirigea sans un mot vers la sortie.

Le cœur battant, Gôtarô observa ce manège mutique.

La femme en blanc disparut dans le couloir à droite de la porte, vers les toilettes.

Un spectre qui va au petit coin ?

La tête inclinée et l’air perplexe, Gôtarô contempla la chaise qu’elle occupait un instant plus tôt. Le siège permettant de remonter le temps était à présent libre.

Craignant de la voir reparaître à tout instant, une expression terrible sur le visage, Gôtarô esquissa prudemment un pas, puis un autre, pour se rapprocher du fameux siège. À l’inspecter de plus près, pourtant, il s’agissait d’une chaise tout ce qu’il y avait de banal.

Ses pieds aux courbes douces étaient équipés de patins, l’assise et le dossier recouverts d’un tissu pâle, couleur mousse. Il n’était pas besoin de s’y connaître en antiquités pour deviner que ce meuble valait une somme rondelette.

Si je m’assieds ici…

Alors que Gôtarô tendait une main craintive vers le dossier de la chaise, un petit bruit sec se fit entendre : quelqu’un sortait de l’arrière-salle, des pantoufles aux pieds. Il fit volte-face et vit devant lui une fillette en pyjama – la petite Miki, la fille du patron, si ses souvenirs étaient exacts.

L'enfant posait sur lui des yeux ronds comme des soucoupes. Pourtant, elle ne semblait guère effrayée face à cette grande personne qu'elle ne connaissait pas. Gôtarô, lui, n'en menait pas large sous son regard insistant.

— B-bonsoir…, bredouilla-t-il en ôtant précipitamment sa main de la chaise.

La petite s'approcha à petits pas.

— Tu veux retourner dans le passé, monsieur ? lui demanda-t-elle sans cesser de le dévisager.

— Ah, c'est-à-dire que…

Que lui répondre, au juste ?

— Pourquoi ? enchaîna Miki sans tenir compte de sa perplexité.

Redoutant de voir la femme à la robe blanche revenir pendant qu'il discutait avec Miki, Gôtarô demanda à la fillette :

— Tu veux bien appeler quelqu'un d'ici ?

Sans écouter un mot de sa question, l'enfant alla se planter devant le siège de la femme en blanc.

— Kanamé est partie aux toilettes, déclara-t-elle en regardant tour à tour la chaise vide et son interlocuteur.

— Kanamé ?

— …

Miki tourna les yeux vers l'entrée du café. Gôtarô suivit son regard. C'était par là qu'était sortie la femme à la robe blanche.

— Ah, c'est donc ainsi qu'elle s'appelle ? marmonna-t-il avec un hochement de tête.

Avant même qu'il ait pu terminer sa phrase, la petite fille tendit la main.

— Assieds-toi.

Après avoir débarrassé d'un geste rapide la tasse de café que buvait la femme en blanc, Miki disparut dans la cuisine dans un claquement de pantoufles, sans lui laisser le temps de répliquer.

Gôtarô demeura un instant ébahi, avant de se ressaisir. *Cette gamine serait-elle capable de m'envoyer dans le passé ?* C'est avec une certaine nervosité qu'il s'installa à la table désignée.

Même s'il n'avait pas la moindre idée de la procédure à suivre, il sentit son cœur s'emballer à l'idée qu'il avait pris place sur le siège permettant de remonter le temps.

Quelques instants plus tard, Miki reparut dans un bruit de vaisselle tintinnabulante, chargée d'un plateau sur lequel étaient disposées une cafetière en argent et une tasse d'un blanc immaculé.

— Je m'en vais vous servir le café, annonça-t-elle.

Son chargement tremblait dans ses mains.

Est-ce vraiment une bonne idée ? faillit laisser échapper Gôtarô.

— M-merci..., répondit-il d'un air alarmé.

Miki ne prêta aucune attention à sa réaction, le regard rivé à la tasse posée sur le plateau.

— Pour retourner dans le passé..., commença-t-elle.

C'est alors que Nagaré passa la tête hors de la cuisine, vêtu d'un tee-shirt.

— Qu'est-ce que tu fabriques, encore ? soupira-t-il.

Il semblait moins fâché qu'exaspéré.

— Je m'en vais préparer le café de monsieur.

— D'une, tu es encore trop petite pour le faire, et de deux, arrête de parler comme ça.

— Je m'en vais le servir.

— J'ai dit non !

Les mains toujours serrées sur le plateau bringuebalant, la fillette leva les yeux vers son colosse de père.

Plissant les yeux, Nagaré soutint son regard avec une grimace de mécontentement. Ni l'un ni l'autre ne semblaient prêts à céder. Le premier à parler aurait perdu, manifestement.

Sans que personne n'ait remarqué sa présence, Kazu apparut derrière son patron et vint s'agenouiller devant Miki.

— Je m'en vais…

Sous le regard de la serveuse qui s'était mise à sa hauteur, les grands yeux de la fillette s'emplirent de larmes. Voilà qui marquait sa défaite.

— Un jour, d'accord ? murmura Kazu avec un sourire, avant de s'emparer du plateau.

Miki se tourna vers son père.

— Bien sûr, confirma-t-il, et il lui tendit la main avec gentillesse.

Toute trace de sévérité avait disparu de son visage.

— Entendu, répondit Miki en prenant docilement la main tendue pour se placer à côté de son père, son air de mécontentement aussitôt disparu.

Dans les moments désagréables, la fillette avait vite fait de changer d'humeur. *Comme sa mère*, songea Nagaré avec un sourire un peu triste.

Cette serveuse n'est donc pas la mère de cette enfant, comprit Gôtarô en observant la façon dont Kazu traitait Miki. Il connaissait bien les difficultés que pouvait rencontrer Nagaré face à une fillette de cet âge. Après tout, il en avait aussi fait l'expérience, lui qui avait élevé Haruka seul.

— Nous allons revoir ensemble les règles, murmura Kazu à côté de Gôtarô installé sur le siège permettant de retourner dans le passé.

Comme toujours, le silence régnait dans la salle.

Le visiteur n'avait qu'un souvenir vague des restrictions que lui avait décrites Shûichi vingt-deux ans plus tôt. Tout ce qu'il savait, en cet instant, c'était qu'une fois de retour dans le passé, rien de ce qu'on y faisait ne pouvait changer la réalité, que le siège spécial était, semble-t-il, occupé par un fantôme, et que lui-même se sentait un peu anxieux. Il prêta donc une oreille attentive aux explications de la serveuse :

— Première règle : même si vous retournez dans le passé, vous ne pouvez y rencontrer que des personnes ayant déjà visité ce café.

Gôtarô ne fut pas particulièrement surpris de l'entendre. C'est Shûichi qui lui avait fait découvrir l'établissement, vingt-deux ans plus tôt. Évidemment qu'il y était déjà venu.

Voyant que cette information n'avait pas l'air de l'étonner, Kazu poursuivit son exposé.

Une fois de retour dans le passé, quels que soient ses efforts, on ne pouvait changer le présent.

Seul le siège qu'occupait en cet instant Gôtarô permettait de faire le voyage ; on ne pouvait s'en éloigner sous aucun prétexte, et si jamais on le quittait, on se retrouvait ramené de force dans le présent.

— Vraiment ? demanda simplement Gôtarô.

Le reste, néanmoins, tombait sous le sens.

— Entendu, répondit-il donc d'un ton égal.

Ses explications terminées, Kazu ajouta :

— Je vous prie de bien vouloir patienter un instant, le temps que je prépare votre café.

Et elle disparut dans la cuisine.

— Pardonnez ma curiosité, mais… je suppose que ce n'est pas votre femme ? lança Gôtarô à Nagaré, resté avec lui.

La réponse ne l'intéressait pas plus que ça ; la question lui avait échappé dans une tentative pour faire la conversation.

— En effet, c'est ma cousine, répondit le patron, avant de jeter un regard furtif à sa fille. À sa naissance, hélas, sa mère…

Il ne termina pas sa phrase. Non que les mots lui fussent trop douloureux, le reste allait sans dire, voilà tout.

— Je vois…, répondit simplement Gôtarô, qui ne désirait pas en savoir plus.

Il compara les yeux étroits du père à ceux, ronds comme des soucoupes, de sa progéniture. *La petite doit tenir de sa mère*, songea-t-il en attendant le retour de la serveuse.

Kazu sortit de la cuisine quelques instants plus tard. Elle tenait dans ses mains le plateau qu'elle avait emporté avec elle, toujours chargé de la cafetière en argent et de la tasse d'un blanc immaculé. Une odeur de café fraîchement préparé embauma la salle d'un arôme qui réchauffait le cœur.

Debout à côté de la table où était installé Gôtarô, Kazu entreprit de poursuivre ses explications.

— Je vais à présent vous servir le café, dit-elle en posant la tasse devant son client.

— D'accord.

La tasse d'un blanc dépourvu de la moindre tache aimanta le regard de Gôtarô.

— Votre séjour dans le passé dure de l'instant où je verse le café au moment où il aura refroidi.

— Entendu.

Là encore, Gôtarô ne sembla guère surpris, sans doute parce que Shûichi lui avait déjà exposé ce détail.

— Voilà pourquoi je vous demanderai de boire votre café tant qu'il est encore chaud, ajouta Kazu avec un petit signe de tête. Si vous ne le terminez pas…

… vous serez condamné à rester assis sur ce siège, tel un fantôme, s'apprêtait-elle à lui révéler. C'était cette règle qui faisait du retour dans le passé un exercice assez dangereux. Comparé au risque de devenir un spectre, le fait de ne pas pouvoir revoir un être cher ou de ne pouvoir modifier la réalité n'avait rien de bien terrible.

Si Kazu ne choisissait pas ses mots avec soin, on pourrait penser qu'elle plaisantait. Elle prit donc le temps de la réflexion, afin de trouver le ton juste.

— Je ne serai plus bon qu'à hanter les lieux, c'est ça ? termina Gôtarô à sa place.

— Quoi ? laissa échapper Nagaré.

— En tant que fantôme, précisa Gôtarô sans se démonter. Quand Shûichi m'a énoncé cette règle en particulier, je l'ai trouvée tellement folle… ah, pardon… tellement difficile à croire qu'elle est restée gravée dans ma mémoire.

D'après l'expérience du patron, lorsqu'on ne respectait pas cette règle, les conséquences étaient terribles – non pas pour l'imprudent devenu fantôme, mais pour les personnes qu'il ou elle laissait en arrière. Dans le cas de Gôtarô, il s'agissait de sa fille Haruka. Comment réagirait-elle au choc ?

Cette règle, pourtant, ne semblait pas alarmer Gôtarô. Au contraire, même, l'idée de devoir « hanter les lieux » semblait l'amuser, à en juger par sa formulation. Dans son regard, néanmoins, pointait une lueur de sérieux.

— Ah, euh, c'est-à-dire que…, bredouilla Nagaré.

— C'est juste, répondit Kazu d'un air serein.

— Hein ? s'étonna son cousin, bouche bée.

À ses côtés, Miki, qui ne semblait pas savoir ce que « hanter » voulait dire, levait vers son père un regard curieux.

Sans se préoccuper de la réaction de son patron, Kazu reprit la parole :

— Tâchez de bien vous en souvenir : si vous ne finissez pas votre café tant qu'il est encore chaud, vous serez condamné à hanter les lieux, assis à jamais sur ce siège.

Si la formulation ne détonnait pas dans la bouche de la jeune femme, c'était parce qu'elle l'avait répétée telle quelle, sans doute par paresse. En fin de compte, quels que soient les termes choisis, cela revenait au même.

— Dois-je en déduire que la personne qui occupait jusqu'à présent ce siège… ?

… est retournée dans le passé et n'est pas revenue à temps ?

— En effet, répondit Kazu après un moment de silence.

— Je me demande pourquoi elle n'a pas terminé son café…

Simple curiosité de la part de Gôtarô. Cette fois, pourtant, le visage de Kazu se fit aussi inexpressif qu'un masque de nô.

J'ai posé la question qui fâche ? songea Gôtarô.

— Elle était partie revoir son mari défunt. Sans doute aura-t-elle oublié de surveiller l'heure et se sera-t-elle rendu compte trop tard de son erreur…

La serveuse s'arrêta là, comme si la suite allait de soi.

— Je vois, murmura Gôtarô.

Un air de compassion sur le visage, il tourna son regard vers le couloir où avait disparu la femme à la robe blanche.

— Êtes-vous prêt ? lui demanda Kazu, voyant qu'il n'avait plus de questions.

Il prit une courte inspiration.

— Je vous en prie, répondit-il.

Kazu s'empara de la cafetière – un modèle en argent étincelant dont même un non-initié tel que Gôtarô devinait au premier coup d'œil qu'il devait être d'une valeur inestimable.

— Bien…, murmura Kazu.

Aussitôt, Gôtarô perçut un net changement d'aura chez la serveuse. Et une tension se fit sentir dans l'air, comme si la température ambiante avait baissé d'un degré dans la salle, où régnait un silence presque absolu.

Kazu souleva légèrement la cafetière.

— Avant que le café n'ait refroidi…

Tout en murmurant ces mots, elle baissa lentement la verseuse en argent en direction de la tasse. Ses gestes fluides étaient empreints d'une grâce que rien ni personne ne pouvait altérer, comme si elle se livrait à quelque rituel solennel.

Lorsque le bec de la cafetière fut à quelques centimètres de la tasse, un filet de café noir s'écoula sans un bruit. Si discret était le transfert que c'était à peine si l'on voyait le liquide passer d'un contenant à l'autre. Seule la surface du liquide semblait monter lentement, comme si des ténèbres insondables emplissaient la tasse.

Devant les yeux de Gôtarô, resté pantois face à cet élégant cérémonial, une volute de vapeur s'éleva de la tasse.

C'est alors qu'une étrange sensation proche du vertige s'empara de lui. Tout, autour de la table, commença à onduler doucement.

— Ah…, laissa-t-il échapper en se frottant les yeux, comme de nouveau gagné par le sommeil.

Ses mains, son corps ne faisaient plus qu'un avec la vapeur du café. Car ce n'était pas simplement son champ de vision qui frémissait, mais bien son être tout entier. Soudain, son environnement se mit à fondre vers le bas à une vitesse alarmante.

— S-stop ! s'écria Gôtarô.

L'homme supportait mal les manèges – la seule vue d'un grand huit suffisait à le faire tourner de l'œil. Hélas, ce mouvement vertical ne ralentit pas, bien au contraire, tandis que défilaient à rebours les vingt-deux dernières années écoulées.

Son vertige s'amplifia. Comprenant qu'il était en train de remonter le temps, il sentit sa conscience s'éloigner de lui peu à peu.

Après la mort de Yôko et de Shûichi, Gôtarô avait élevé Haruka tout en continuant de s'occuper seul de leur restaurant.

Du vivant de son ami déjà, Gôtarô, qui avait toujours été quelqu'un de travailleur, avait trouvé le moyen de gérer seul le planning et les finances de la boutique. Mais prendre soin d'un petit enfant s'avéra une tout autre paire de manches pour le célibataire.

Âgée d'un an, Haruka esquissait ses premiers pas mal assurés, si bien qu'il ne pouvait la quitter des yeux. Et comme la petite pleurait souvent la nuit, c'était à peine s'il pouvait dormir. Gôtarô espérait que les choses deviendraient plus simples à son entrée en maternelle, mais la fillette, terriblement timide, éclatait chaque jour en sanglots lorsque venait l'heure de se rendre à l'école.

Lorsqu'elle eut l'âge d'aller en primaire, elle déclara vouloir l'aider au restaurant, mais elle ne faisait que le gêner. Elle employait à tort et à travers les mots qu'elle apprenait, et s'il n'écoutait pas ce qu'elle lui racontait, elle se mettait aussitôt à bouder. Lorsqu'elle avait de la fièvre, il fallait jouer les infirmières ; même à son jeune âge, elle avait une vie sociale bien remplie, entre fêtes d'anniversaire, Noël, Saint-Valentin ; les jours de congé, il fallait l'emmener au parc, et elle ne cessait de harceler Gôtarô, voulant ceci et réclamant cela.

Collégienne, elle entra dans une phase rebelle ; et lorsqu'elle fut au lycée, il reçut un appel de la police l'informant qu'elle avait été arrêtée pour vol à l'étalage.

Mais quels que soient les problèmes causés par l'adolescente, et aussi difficile que soit la situation, Gôtarô ne faiblit jamais dans sa résolution : offrir une éducation heureuse à cette enfant restée seule au monde.

Il y avait à présent trois mois que la jeune fille fréquentait un certain Satoshi Obi. Les tourtereaux disaient vouloir se marier.

Lors de sa troisième visite, Satoshi lui avait demandé la main de Haruka.

— Je te l'accorde, avait simplement répondu Gôtarô.

Sa réponse n'avait d'autre motivation que le bonheur de sa fille.

Depuis qu'elle avait obtenu son bac, Haruka était devenue bien plus docile ; elle avait poursuivi ses études dans une école de cuisine, où elle avait rencontré son promis. Leur diplôme en poche, Satoshi avait trouvé un emploi dans un hôtel-restaurant d'Ikebukuro, tandis que Haruka assistait son père dans la cantine familiale.

C'était l'annonce de ce mariage à venir qui avait plongé Gôtarô dans la culpabilité à l'idée de lui avoir menti toute sa vie.

Vingt-deux années durant, il avait élevé Haruka comme sa propre fille, et il s'était toujours gardé de lui montrer le registre familial, afin de ne pas lui révéler qu'elle avait perdu ses deux parents biologiques. Mais maintenant qu'elle allait se marier, c'était une autre histoire. Lorsque viendrait le moment d'officialiser son union, elle découvrirait son statut d'orpheline – et par la même occasion le mensonge de Gôtarô.

Après mûre réflexion, Gôtarô avait résolu d'avouer la vérité à Haruka avant la cérémonie. Et de lui dire que son vrai père aurait dû y assister…

Sans doute la vérité sera-t-elle douloureuse à encaisser pour Haruka, mais je n'ai pas le choix…

Même s'il était trop tard pour y changer quoi que ce soit, Gôtarô regrettait de ne pas avoir parlé avant que la jeune fille atteigne la majorité.

— Excusez-moi, monsieur…

Lorsque Gôtarô ouvrit les yeux, réveillé par une secousse à l'épaule, un homme immense se tenait devant lui.

Ce n'était pas la première fois qu'il voyait ce géant vêtu d'un pantalon d'uniforme noir, d'une chemise blanche aux manches retroussées et d'un tablier marron foncé. Il n'était autre que Nagaré, le patron du café – mais il était nettement plus jeune.

Le souvenir de ce fameux jour remonta d'un coin de son esprit.

Il n'y avait pas de doute : le jeune Nagaré se tenait déjà là lors de leur première venue, vingt-deux ans plus tôt.

Ventilateur au plafond, piliers et poutres châtaigne, murs en terre couleur *kinako*, horloges aux heures décalées : rien n'avait changé dans cette salle sépia éclairée par la seule lueur des lampes à abat-jour. Sans la présence d'un Nagaré dans sa prime jeunesse, Gôtarô n'aurait jamais remarqué qu'il avait voyagé dans le temps.

Mais alors qu'il balayait les alentours du regard, Gôtarô sentit son pouls s'accélérer.

Il n'est pas là.

Pas trace de Shûichi, qui aurait pourtant dû être là s'il était revenu à la bonne date.

À la réflexion, malgré l'abondance de règles édictées, on ne lui avait pas dit comment faire pour atteindre un moment précis. Pour ne rien arranger, son incursion dans le passé était limitée au temps durant lequel son café serait encore chaud. Quand bien même il aurait regagné le jour souhaité, rien ne garantissait que ce serait à l'heure où s'y trouvait Shûichi. Peut-être était-il arrivé avant leur venue à tous les deux, ou après leur départ.

— Shûichi ! s'écria Gôtarô en faisant mine de se lever.

Nagaré posa une main imposante sur son épaule.

— Aux toilettes, murmura-t-il.

Son client avait beau avoir cinquante et un ans et une carrure de rugbyman, le jeune patron lui tapota l'épaule aussi doucement qu'il aurait caressé la tête d'un enfant.

— La personne que vous voulez voir est aux toilettes. Elle ne va pas tarder à revenir. En attendant, mieux vaut ne pas quitter votre siège.

À ces mots, Gôtarô se calma un peu. D'après le règlement, s'il se levait de sa chaise, il serait renvoyé de force dans le présent. Sans l'intervention de Nagaré, il serait déjà reparti en sens inverse.

— M-merci…

— Pas de souci, répondit Nagaré d'un ton neutre.

Puis il retourna derrière le comptoir, où il resta debout, les bras croisés. À le voir ainsi dressé, il ressemblait moins à un serveur qu'à une sentinelle protégeant un château.

Il n'y avait personne d'autre dans la salle.

Non, c'était inexact. En ce jour, vingt-deux ans auparavant, lorsque Gôtarô et Shûichi avaient pénétré dans l'établissement, il y avait un couple assis à une table près de l'entrée, une personne au comptoir et sur le siège qu'occupait à présent Gôtarô était installé un gentleman d'un certain âge vêtu d'un smoking, la lèvre supérieure ornée d'une moustache.

On le dirait échappé des années 1920, avait alors songé Gôtarô, frappé par l'aura rétro du personnage. Voilà pourquoi il en gardait un souvenir aussi vif.

Mais le gentleman comme les autres clients s'étaient empressés de quitter les lieux, sans doute poussés dehors par l'allure négligée et l'affreuse odeur qui caractérisaient alors Gôtarô.

Le souvenir lui revenait à présent.

Shûichi avait fait un tour aux toilettes, en effet, en plein milieu de la conversation. Dès leur entrée dans le café, il lui avait exposé la fameuse rumeur concernant l'établissement, avant de le laisser reprendre le récit de son existence.

Gôtarô passa la paume sur son front perlé de sueur et inspira profondément.

À l'époque, une petite fille en âge d'aller à l'école avait fait irruption depuis l'arrière-salle, un cartable flambant neuf sur le dos.

— Dépêche-toi, maman ! avait-elle lancé d'une voix joyeuse tout en sautillant dans la salle.

— Tu en as, de la chance, avait fait remarquer le jeune Nagaré, les bras toujours croisés, à l'enfant qui dansait de bonheur au milieu de la salle.

La petite avait acquiescé avec un sourire éblouissant avant de détaler dehors.

Ding-dong.

Cette scène aussi, Gôtarô se la rappelait dans les grandes lignes, même s'il n'y avait guère prêté attention sur le moment. Il tourna son regard vers l'arrière-salle, s'attendant à voir sortir celle qui devait être la mère de la fillette.

— Attends !

Une jeune femme à la peau blanche, presque translucide, et aux beaux cheveux noirs apparut alors. Elle devait avoir entre vingt-cinq et trente ans, et portait une tunique d'un rose pêche printanier, avec une jupe à volants beige.

— Cette petite, je vous jure… Elle n'a même pas pu attendre la rentrée, alors que c'est demain…, marmonna-t-elle.

Elle ne semblait pas exaspérée. Au contraire, même : elle poussa un petit soupir d'aise.

Gôtarô eut un sursaut en apercevant son visage.

Tiens ?

Ses traits lui disaient quelque chose : ils lui rappelaient la femme à la robe blanche qu'il avait vue lire un roman à la place même qu'il occupait à présent. Mais peut-être s'agissait-il d'une autre personne, qui tout simplement lui ressemblait. La mémoire humaine est imparfaite. Et puis, même s'il venait de la croiser, il avait l'esprit un peu chamboulé.

— Es-tu sûre que ça va aller ? demanda le jeune Nagaré en croisant les bras et en plissant les yeux.

Si opaque que fût son expression, on devinait au ton de sa voix qu'il s'inquiétait pour la jeune femme.

— Mais oui. On va juste admirer les fleurs de cerisier dans le quartier, lui répondit-elle, la tête inclinée, un sourire sur les lèvres.

À en juger par cet échange, la jeune mère devait être de constitution fragile, même si apparemment elle ne semblait pas souffrir. Et s'il y avait bien une chose que Gôtarô avait retenue de son expérience de père adoptif, c'est que le bonheur d'un enfant vaut bien qu'on fasse quelques efforts.

— Nagaré, je te confie la boutique, je n'en ai pas pour longtemps.

Rejoignant tranquillement la porte, la jeune femme se retourna furtivement pour adresser un petit signe de tête à Gôtarô avant de sortir dans la rue.

Ding-dong.

C'est alors que Shûichi Kamiya revint des toilettes, comme pour remplacer la jeune mère.

Ah…

À peine eut-il apparu que Gôtarô oublia complètement cette femme et se rappela son objectif premier.

Shûichi n'avait pas pris une ride par rapport au jeune homme de ses souvenirs. À l'inverse, Gôtarô, lui, devait sembler étrangement âgé aux yeux de son ami.

— Quoi ?

Shûichi posait un regard ébahi sur son camarade, qui avait brusquement vieilli pendant son petit tour aux toilettes.

— Shûichi…, tenta Gôtarô.

— Attends, attends, attends ! l'interrompit aussitôt son ami, les mains tendues devant lui.

Dardant sur son interlocuteur des yeux perçants, il se figea telle une figurine d'animation projetée image par image.

Et zut.

Gôtarô était persuadé que son ami saisirait vite la situation en le voyant soudain vieilli – après tout, ne venait-il pas de lui raconter que ce café permettait de voyager dans le temps ? Et il avait de bonnes raisons de le croire.

Shûichi n'avait jamais été long à la détente. Il disposait de capacités d'observation, d'analyse et de jugement hors du commun. C'étaient précisément ces caractéristiques qui avaient fait de lui un joueur d'exception, Gôtarô le savait bien.

Avant les matches, l'attaquant star avait l'habitude d'observer le caractère et le style de jeu de leurs adversaires afin de les mémoriser. En tant que meneur, il marquait ses essais avec une maîtrise parfaite, ridiculisant au passage la défense adverse.

Si délicate que fût la situation, il ne commettait jamais la moindre erreur de jugement ni d'analyse.

Manifestement, pourtant, les circonstances actuelles se révélaient trop incroyables, même pour lui.

— Vois-tu, Shûichi…, reprit Gôtarô, plaçant les deux mains sur sa tasse pour en vérifier la température.

Il s'apprêtait à lui exposer les faits, mais à sa grande surprise, le café était déjà tiède. Il n'aurait pas le temps de clarifier la situation avant qu'il ait totalement refroidi. Il s'épongea une nouvelle fois le front.

Par où commencer, au juste ?

Il hésitait. L'heure n'était plus aux explications détaillées. Si son ami refusait de le croire venu du futur, tout aurait été en vain.

Saurai-je le lui expliquer comme il faut ? Non, sans doute pas.

Il n'était pas doué pour les explications, il en avait bien conscience. Si encore il avait eu toute la vie devant lui… Impossible, pourtant, de savoir combien de temps le café resterait assez chaud ; or Shûichi le dévisageait toujours avec méfiance, d'un regard qui lui transperçait le cœur.

— Peut-être ne me croiras-tu pas, même si je te le demande, mais…, commença Gôtarô, car il lui fallait bien dire quelque chose.

— Tu viens du futur ? lui demanda alors Shûichi avec prudence, comme s'il était face à un étranger qui ne comprenait pas sa langue.

— Oui ! s'écria aussitôt Gôtarô, galvanisé par la perspicacité de son ami.

Portant le poing à son front, Shûichi murmura quelques mots incompréhensibles avant de lui demander :

— De combien d'années ?

— Hein ?

— Combien d'années se sont écoulées pour toi ?

Mi-convaincu, mi-circonspect, l'ancien attaquant rassemblait les informations afin de mieux appréhender la situation, comme avant un match. Il collectait les indices cruciaux un à un.

Il n'a vraiment pas changé.

Gôtarô décida de répondre aux questions de son ami. Car c'était, selon lui, le plus court chemin pour permettre à Shûichi de tout comprendre.

— Vingt-deux ans.

— Vingt-deux, vraiment ?

Shûichi écarquilla les yeux. Contrairement au moment où il avait découvert que son ancien camarade vivait dans la rue, il ne cachait pas sa surprise.

Shûichi avait beau être celui qui avait révélé à Gôtarô la particularité de ce café, jamais il n'aurait cru se trouver nez à nez avec un visiteur venu du futur – et encore moins qu'il s'agisse de la personne avec laquelle il avait discuté juste avant d'aller aux toilettes, vieillie de vingt-deux ans dans l'intervalle.

— C'est vrai que tu as pris un coup de vieux…, marmonna-t-il en se détendant un peu.

C'était le signe qu'il baissait enfin la garde.

— Ne m'en parle pas, répondit Gôtarô, un peu gêné.

Voilà que le quinquagénaire minaudait, tel un enfant timide devant ce presque trentenaire.

Vingt et un ans qu'il n'avait pas revu le bienfaiteur qui l'avait aidé à reprendre sa vie en main.

— Tu as l'air en forme, remarqua Shûichi, les yeux rougis.

— Q-qu'est-ce que tu as ?

Alarmé par l'expression de son ami, Gôtarô manqua se lever de son siège. Certes, il s'était attendu à ce que le jeune homme soit surpris de le voir ainsi âgé, mais de là à imaginer une réaction de cette ampleur…

Shûichi s'approcha de la table à laquelle était installé Gôtarô et s'assit en face de lui, sans le quitter du regard.

— Shûichi ?

On entendit ses larmes tomber, *plic, ploc.*

— Tu en portes, un beau costume, constata-t-il d'une voix tremblante.

Plic, ploc.

— Ça te va vraiment bien…

Devant lui se trouvait l'incarnation future de cet ami qu'il s'apprêtait à remettre sur les rails. Le Gôtarô qu'il venait de trouver sur le trottoir, lui, avait le corps et l'âme en miettes. Cette apparition avait de quoi le réjouir.

— Vingt-deux ans… Ça n'a pas été trop dur ?

— Au contraire, c'est passé en un clin d'œil…

— Vraiment ?

— Oh oui.

Les yeux toujours rouges, Shûichi esquissa un sourire.

— C'est grâce à toi, ajouta Gôtarô.

— Sérieux ? Ahaha ! s'esclaffa son camarade d'un air gêné, avant de sortir un mouchoir de sa poche.

Mais le bruit de ses larmes tombant sur la table ne cessa pas pour autant.

— Alors ? demanda Shûichi.

Qu'es-tu venu faire ici ? semblait-il lui demander du regard.

Ce n'était pas un interrogatoire. Mais le jeune homme connaissait les règles du café, il savait donc leurs retrouvailles limitées dans le temps. Il se doutait par ailleurs que son ami n'avait pas fait le voyage sans raison, aussi n'avait-il d'autre choix que de couper court aux effusions pour aller droit au but.

Gôtarô, lui, ne pouvait lui répondre tout de go, cependant.

— Pourquoi ? s'enquit Shûichi avec douceur, comme pour consoler un enfant triste.

— À vrai dire…, commença Gôtarô d'un ton grave en tendant la main vers sa tasse afin d'en vérifier la température. Haruka a décidé de se marier.

— … Pardon ?

Le sourire du jeune homme s'estompa un instant – sous l'effet du choc, sans doute. Rien d'étonnant à cela : pour lui, Haruka n'était encore qu'une petite enfant tout juste venue au monde.

— Hein ? Quoi ? Qu'est-ce que tu racontes ?

— Du calme…, lui intima Gôtarô d'un ton serein.

Il avait anticipé une telle réaction. Il but une gorgée de café. À quelle température considérait-on le café comme froid ? Il n'aurait su le dire avec certitude. Pour l'heure, au moins, il était plus chaud que sa peau.

J'ai encore un peu de temps.

Reposant la tasse sur sa soucoupe, Gôtarô entreprit de raconter à son ami l'histoire qu'il avait élaborée au préalable, en évitant autant que possible tout élément susceptible de le bouleverser. Il ne fallait surtout pas que le sagace Shûichi puisse deviner qu'il était déjà mort.

— En fait, je suis venu parce que, dans le futur, tu as décidé qu'il fallait que ton ancien moi fasse un discours pour le mariage de ta fille.

— Moi ?

— Pour lui faire une surprise.

— Une surprise ?

— Et comme tu ne pouvais pas venir te rencontrer toi-même…

— C'est toi qui t'en es chargé ?

— Exactement, confirma Gôtarô, content que son ami saisisse aussi vite.

— Je vois…

— Alors ? C'est amusant, non ?

— Je dois avouer que c'est bien trouvé.

— N'est-ce pas ?

Gôtarô sortit l'appareil photo qu'il venait d'acheter – un petit modèle compact, capable de prendre des vidéos, qui n'existait pas encore vingt-deux ans auparavant.

— Et ça, qu'est-ce que c'est ?

— Un appareil photo.

— Si petit ?

— Oui, on peut même filmer avec.

— Filmer… des vidéos ?

— Tout juste.

— Incroyable.

Shûichi observa son ami se débattre avec l'appareil, il ne savait pas comment l'allumer.

— Tu viens de l'acheter ?

— Oui…, répondit distraitement Gôtarô.

— Toujours aussi peu doué, à ce que je vois.

— Désolé… J'aurais dû vérifier comment il fonctionne avant de venir…, bredouilla Gôtarô, les oreilles toutes rouges.

— Je ne parle pas de l'appareil…, murmura Shûichi.

— Quoi ?

— Laisse tomber.

À ces mots, Shûichi tendit la main vers la tasse de Gôtarô. Sans doute redoutait-il que le contenu en ait déjà refroidi.

— Bon ! s'écria-t-il avec entrain, et il tourna le dos à son ami. On n'a qu'une chance, pas vrai ?

À en juger par la température du café, en effet, ils n'auraient pas le loisir de faire plusieurs prises.

— Oui, si tu veux bien…

— Allons-y.

À ces mots, Gôtarô appuya sur le déclencheur.

— Tu n'as jamais su mentir, marmonna alors Shûichi.

Son ami se contenta de brandir l'appareil devant lui, comme si de rien n'était. Sans doute ne l'avait-il pas entendu.

— À ma chère Haruka du futur… Félicitations pour ton mariage !

Après ce préambule, Shûichi arracha l'appareil des mains de son ami et s'empressa de reculer hors de portée.

— Hé, ho !

— Ne bouge pas ! tonna Shûichi, alors que Gôtarô tendait la main.

Un frisson parcourut l'échine du quinquagénaire. Une seconde de plus, et il se serait décollé de son siège – ce qui l'aurait renvoyé de force dans le présent.

— À quoi tu joues ? s'impatienta-t-il, d'une voix qui fit trembler les murs.

Heureusement, ils étaient les seuls clients encore présents dans le café. Derrière son comptoir, Nagaré, les bras toujours croisés, ne bougeait pas d'un pouce, comme si leur échange ne le concernait pas.

Shûichi poussa un profond soupir puis retourna l'appareil vers lui.

— Chère Haruka. Félicitations pour ton mariage.

Gôtarô fut soulagé de voir son ami se prêter au jeu.

— Le jour où tu es née, les cerisiers étaient en pleine floraison… Je me rappelle encore ce que j'ai ressenti au moment de prendre pour la première fois dans mes bras ton petit corps tout rouge et tout recroquevillé.

Une chance que Shûichi ait choisi de se montrer coopératif. Gôtarô souleva sa tasse, bien décidé à regagner le présent dès que son ami aurait fini d'enregistrer son message.

— La seule vue de ton sourire faisait mon bonheur. Il me suffisait de contempler ton visage endormi pour reprendre courage. Grâce à toi, j'étais le plus heureux des hommes. Personne au monde ne t'aimait plus fort que moi. Pour toi, j'aurais fait n'importe quoi…

Tout se déroulait à la perfection. Il ne restait plus qu'à récupérer l'appareil et à repartir dans le présent.

Cela aurait dû se résumer à cela.

— Je n'ai jamais souhaité…

Soudain, des sanglots vinrent se mêler à sa voix.

— … que ton bonheur, pour l'éternité.

Ploc, plic ploc.

— Shûichi ?

— Assez…

— Quoi ?
— Trêve de mensonges, Gôtarô…
— Quels mensonges ?
Le regard rivé au plafond, Shûichi soupira. Il avait les paupières rougies.
— Shûichi ?
Le jeune homme se mordit le dos de la main, comme s'il espérait que la douleur prendrait le dessus sur ses émotions.
— Shûichi !
— Je…
Plic, ploc.
— Je ne pourrai pas…
Ploc ploc ploc.
— … assister au mariage de Haruka ?
Serrant les dents, Shûichi butait sur les mots, comme s'il peinait à les faire sortir.
— Qu-qu'est-ce que tu racontes ? C'est toi qui as pensé que…, s'entêta Gôtarô, désespéré.
— Qui croirait un mensonge pareil ?! contra Shûichi.
— Je ne mens pas !
— Dans ce cas…, pourquoi pleures-tu depuis tout à l'heure ? murmura-t-il.
— Hein ?
Plic ploc, plic ploc…
Pas possible, songea Gôtarô. Pourtant, comme l'avait remarqué Shûichi, de grosses larmes coulaient sur ses joues. Il s'empressa de s'essuyer le visage, mais ses pleurs ne cessaient d'affluer.
— Tiens ? Depuis quand ?
— Tu ne l'avais pas remarqué ? Depuis le début…
— Vraiment ?

— Oui. Tu n'as pas cessé de pleurer depuis mon retour des toilettes…

Gôtarô remarqua enfin la petite flaque qui s'était formée devant lui sur la table.

— C-ce sont…

— Mais quand même…

— … ?

— Je te trouve drôlement familier avec Haruka.

— … !

— Tu n'en as peut-être pas conscience, mais c'est probablement parce que tu l'as élevée à ma place, comme ta propre fille… Je me trompe ?

— Shûichi…

— Autrement dit…

— Non…

— Réponds-moi sincèrement.

— …

— Je…

— A-attends…

— … suis mort, c'est ça ?

Plic ploc, ploc plic ploc…

Pour toute réponse, les pleurs de Gôtarô redoublèrent.

— Je vois…, dit Shûichi à mi-voix.

Gôtarô secoua la tête de façon exagérée, tel un enfant, mais plus rien n'y faisait. Ses larmes continuaient de couler, indépendamment de sa volonté.

Dans un grand sursaut, il laissa échapper le sanglot qu'il retenait. Se mordant la lèvre, il baissa le visage, pour au moins préserver ce qu'il lui restait de dignité face à son ami.

Chancelant, Shûichi alla s'asseoir sur la chaise la plus proche de l'entrée.

— Quand ? demanda-t-il. Quand est-ce que je vais mourir ?

Gôtarô ne voulait rien tant que terminer son café pour repartir dans le présent. Il se figea, les poings serrés sur ses genoux.

— Et… ne me mens plus… par pitié…

Shûichi posa sur lui des yeux accusateurs.

Fuyant son regard, Gôtarô porta ses mains à son front comme dans un geste de prière et poussa un profond soupir.

— Dans un an…

— Un an ?

— Un accident de la route…

— J-je vois…

— Yôko aussi…

— J-je vois… Elle aussi…

— Voilà pourquoi… c'est moi… qui ai élevé… la petite Haruka…

« La petite Haruka. » Sans doute amusé par cette formulation qui n'avait plus rien de naturel dans la bouche de son ami, Shûichi laissa échapper un rire.

— Je vois…, répéta-t-il dans un murmure.

— Mais on dirait que ce rôle prend fin aujourd'hui…

La voix de Gôtarô se fit de plus en plus ténue, jusqu'à s'éteindre totalement.

Vingt-deux années durant, Gôtarô n'avait pu se défaire d'une idée – celle que c'était la mort de Shûichi qui lui avait permis de nouer cette relation paternelle avec Haruka. Pire, il en était venu à considérer ce quotidien partagé comme normal.

Plus il se sentait heureux, cependant, plus une autre pensée le taraudait : *Je m'en voudrais de ne pas partager ce bonheur avec Shûichi.* S'il avait révélé plus tôt à Haruka qu'il n'était pas son père biologique, sans doute leur relation serait-elle différente à présent, mais il était trop tard pour le regretter.

La lâcheté avec laquelle il avait attendu la toute dernière limite – à savoir le moment où, sur le point de se marier, Haruka découvrirait son registre familial – ne faisait qu'ajouter à sa culpabilité.

J'ai vécu toutes ces années en dissimulant la vérité dans le seul but de préserver mon petit bonheur égoïste.

Ce faisant, il avait trahi aussi bien son bienfaiteur, Shûichi, que sa fille, Haruka.

Tel que je suis, je ne mérite pas d'assister à ce mariage.

Voilà pourquoi, une fois la vérité révélée, il allait disparaître de la vie de Haruka.

L'appareil photo toujours en main, Shûichi se leva lentement pour s'approcher de Gôtarô et lui passer un bras autour de l'épaule avant de diriger l'objectif vers eux.

— Je suppose que tu n'as pas l'intention d'assister à la cérémonie ? demanda-t-il en lui donnant une secousse.

Décidément, on ne pouvait rien lui cacher.

— En effet…, répondit Gôtarô, toujours recroquevillé. Son père, c'est toi, Shûichi… Pourtant, je n'ai même pas été capable de le lui dire. Alors même que tu m'as sauvé la vie… Jamais je n'aurais dû entretenir cette idée… Pourtant, je n'ai pas pu m'empêcher…

Gôtarô butait sur les mots.

— … de la considérer… comme ma propre fille…

Le visage caché dans ses mains, il éclata en sanglots.

Cette douleur le rongeait depuis toujours. En traitant Haruka comme sa propre enfant, il en était venu à nier l'existence de Shûichi. Or, plus il se sentait redevable à son ami, plus il se détestait d'avoir osé entretenir de telles pensées.

— Je vois… Tel que je te connais, tu as dû bien te torturer, mon pauvre… (Shûichi renifla bruyamment.) Je comprends… Aujourd'hui, nous allons mettre un terme à tout ça, murmura-t-il à l'oreille de son ami.

— Désolé, désolé…, répétait Gôtarô.

Entre ses mains, les larmes continuaient de tomber sur la table : *plic, ploc.*

— Bien !

Shûichi dirigea l'appareil photo vers lui-même.

— Écoute-moi bien, Haruka. J'ai une proposition à te faire, lança-t-il, et sa voix résonna dans la salle. À partir d'aujourd'hui…

Il attrapa son ami par l'épaule pour le faire entrer dans le cadre et ajouta :

— Que dirais-tu d'avoir deux papas : moi-même et Gôtarô ?

L'intéressé se figea.

— Ça te fera un parent en plus ! Alors ? Qu'en dis-tu ? poursuivit Shûichi.

Gôtarô leva enfin le nez, les yeux gonflés de larmes.

— Mais enfin… qu'est-ce que tu racontes ? murmura-t-il.

— Tu mérites d'être heureux ! s'écria son ami avec conviction. Tu n'as plus à te faire de souci pour moi…

Un souvenir revint à Gôtarô. Shûichi avait toujours été ainsi. Quelle que soit la gravité de la situation, il allait toujours de l'avant, le regard porté vers l'horizon, en toutes circonstances. Rien d'étonnant, donc, à ce que, même confronté à sa propre mort, il se révèle capable de penser au bonheur des autres…

— Sois heureux, Gôtarô…

Assis côte à côte dans un coin de ce petit café, les deux géants pleuraient, épaule contre épaule.

Au plafond, le ventilateur continuait de tourner, lentement, inexorablement.

Séchant ses larmes le premier, Shûichi attrapa son ami par l'épaule.

— Allons, haut les cœurs ! On est là pour souhaiter un beau mariage à Haruka, pas vrai ?

Sous ses encouragements, Gôtarô parvint enfin à regarder l'objectif, mais il avait le visage bouffi par les pleurs.

— Allez, souris !

— …

— On va faire risette, tous les deux, et on va lui adresser tous nos vœux de bonheur.

Malgré ses efforts, Gôtarô ne parvenait pas à se dérider.

— Ahaha, tu es parfait ! s'esclaffa Shûichi, avant de lui rendre l'appareil. N'oublie pas de lui montrer, surtout !

Puis il se leva d'un bond.

— Désolé, bredouilla Gôtarô, qui pleurait toujours.

— Le café est si mauvais que ça ? marmonna Nagaré derrière le comptoir.

C'était sa façon à lui de rappeler à son client que le temps serait bientôt écoulé.

— Ah ! laissa échapper le jeune homme.

— Shûichi ! s'écria Gôtarô sans le quitter des yeux.

— Ça va aller, ne t'en fais pas pour moi, le rassura son ami.

Un voile passa sur le visage du quinquagénaire.

— Allons, ne me dis pas que tu veux hanter le mariage de Haruka ? ajouta Shûichi avec un sourire forcé tout en lui tapotant l'épaule.

Gôtarô tourna vers lui un visage baigné de larmes.

— Désolé, murmura-t-il.

— Mais non. Allez, bois, l'encouragea Shûichi avec un geste de la main.

Gôtarô porta la tasse à ses lèvres et en vida d'un trait le contenu déjà bien froid.

— Ah…

Le vertige s'empara une nouvelle fois de lui.

— Shûichi !

Il tenta d'appeler une dernière fois son ami, mais sa voix s'éleva comme une colonne de vapeur et ne sembla pas lui parvenir. Alors que tout autour de lui commençait à se brouiller, une phrase résonna toutefois nettement à son oreille :

— Je te confie Haruka.

C'étaient les mots que soufflerait Shûichi au jeune Gôtarô un an plus tard, par un beau jour de printemps où les pétales de cerisier danseraient comme des flocons de neige.

Bientôt, comme à l'aller, Gôtarô perdit connaissance, aspiré par la vague qui l'emportait à toute allure vers le futur, tel un grand huit.

— Monsieur ?

Gôtarô se réveilla au son de la voix de Miki. L'intérieur du café n'avait pas changé d'un iota. À ceci près que maintenant Miki, Nagaré et Kazu étaient en face de lui.

J'ai rêvé ?

Remarquant l'appareil photo qu'il serrait dans sa main, Gôtarô appuya précipitamment sur la touche de lecture.

Tandis qu'il regardait les images défiler sur l'écran, la femme à la robe blanche revint des toilettes.

— Pousse-toi, lança-t-elle d'une voix étonnamment grave en s'arrêtant devant lui.

— Excusez-moi.

Gôtarô se leva en hâte pour lui rendre son siège.

Avec une indifférence feinte, la femme en blanc reprit sa place et repoussa la tasse restée sur la table.

— Débarrasse, lui intima-t-elle.

Miki s'empara aussitôt de l'objet gênant. Sans s'embarrasser d'un plateau, elle l'emporta serré dans ses deux mains et passa à petits pas près de Gôtarô pour aller rejoindre son père derrière le comptoir.

— Il a pleuré, le monsieur. Ça va aller, tu crois ? demanda-t-elle en tendant la tasse à Nagaré.

Le spectacle du quinquagénaire le regard rivé sur le petit écran de son appareil photo et les épaules secouées par les sanglots devait également inquiéter le cafetier, car il demanda à son tour :

— Tout va bien ?

— Ça va, répondit Gôtarô sans lever le nez.

— Je vois, marmonna Nagaré, puis il se pencha vers sa fille pour lui chuchoter : Ça a l'air d'aller, tandis que Kazu revenait de la cuisine avec un café pour la femme en blanc.

— Tout s'est bien passé ? lança-t-elle à Gôtarô en époussetant la table du fantôme avant d'y déposer le café.

L'homme tourna lentement le regard vers le fameux siège.

— Il m'a dit d'être heureux…, murmura-t-il.

— Vous m'en direz tant, répondit la serveuse à voix basse.

Allez, souris ! s'exclamait Shûichi à l'écran, le bras passé autour des épaules de son ami.

— Dis, quand est-ce que je pourrai le faire, moi aussi ? demanda Miki en tirant sur la manche du tee-shirt de son père, alors que Gôtarô rejoignait la caisse pour régler sa consommation.

— Arrête déjà de parler n'importe comment !

— Allez, quoi ! Moi aussi je veux le faire, parbleu !

— Les filles qui disent parbleu n'ont pas le droit de le faire.

— T'es qu'un gros lâche de dégonflé poltron, voilà ce que t'es !

— Qu'est-ce qu'elle raconte, encore ?

Pendant que père et fille continuaient de se chamailler, Gôtarô s'apprêtait à sortir, mais il se ravisa.

— Excusez-moi…, lança-t-il à Kazu.

— Oui ?

— Cette femme… c'est votre mère, n'est-ce pas ? demanda-t-il en se tournant vers la femme en blanc.

La serveuse suivit son regard.

— En effet, répondit-elle.

Pourquoi n'a-t-elle pas pu revenir de son voyage dans le passé ? voulait-il lui demander, mais en la voyant regarder le fantôme de sa mère, le visage inexpressif, il eut l'impression qu'elle ne lui en dirait pas plus sur le sujet.

Lorsqu'il lui avait posé la question avant de partir dans le passé, elle lui avait répondu que la femme en question était retournée voir son mari défunt.

Elle a dû souffrir bien plus que moi, songea Gôtarô.

Incapable de trouver les mots justes, il se contenta d'ajouter :

— Merci pour le café…

Puis il quitta les lieux.

Ding-dong.

— Vingt-deux ans, hein ? murmura Nagaré dans un soupir, avant de se tourner vers Kazu, qui regardait toujours Kanamé depuis le comptoir. Tu devais avoir, quoi… sept ans, à l'époque ?

— Oui…

— Toi aussi, tu mérites d'être heureuse, marmonna le patron comme pour lui-même.

— Je…, commença Kazu.

— Dis ! l'interrompit Miki en s'agrippant à la jambe de son père. Quand est-ce que je pourrai le faire, moi aussi ?

La serveuse lui adressa un sourire plein de tendresse.

— Celle-là, alors ! soupira Nagaré, avant de lui répondre : Un jour !

Et il tenta de chasser la petite importune.

— Un jour ? Quand ? Quelle heure de quel jour de quelle semaine ?

— Le jour que ce sera.

— C'est pas une réponse ! Allez, quoi… !

Excédé, Nagaré s'apprêtait à élever la voix lorsque sa cousine intervint :

— Patience, Miki…

Puis elle s'agenouilla devant la fillette afin de se mettre à sa hauteur.

— Quand tu auras sept ans…, chuchota-t-elle d'une voix douce.

— Vraiment ? demanda Miki en la regardant droit dans les yeux.

— Vraiment, répondit la serveuse.

L'enfant se tourna vers son père, en quête d'une confirmation.

L'air contrarié, l'homme poussa un soupir impuissant.

— Oui, grogna-t-il, et il hocha la tête en signe d'assentiment.

— Génial ! s'écria Miki en sautillant de joie, puis elle disparut dans l'arrière-salle.

— Franchement…, marmonna Nagaré avant de la suivre.

Restée seule, Kazu contempla la femme en blanc qui lisait son livre en silence.

— Pardonne-moi, maman, je ne suis pas encore…, chuchota-t-elle soudain.

Tout autour d'elle, le tic-tac des pendules continuait de retentir, assourdissant.

Encore…

Et encore…

2

Mère et fils

Rien n'annonce l'arrivée de l'automne de façon plus agréable que la stridulation des grillons. Il s'agit pourtant là d'un sentiment très particulier, propre aux Japonais et aux Polynésiens ; partout ailleurs, le son émis par ces insectes est généralement considéré comme une vulgaire cacophonie.

Selon une théorie, Japonais et Polynésiens descendraient des Mongols. La prononciation du samoan, qui fait partie des dialectes polynésiens, ressemble à celle du japonais. Les deux langues comptent cinq voyelles, *a*, *i*, *u*, *e*, *o*, et les mots de leurs vocabulaires respectifs sont formés de syllabes composées de consonnes et de voyelles, ou de voyelles isolées.

Le japonais dispose par ailleurs de nombreuses onomatopées et de nombreux mots mimétiques servant à exprimer toutes sortes de phénomènes, sonores ou non.

Le *sarasara* de la rivière qui coule, le *vyûvyû* du vent qui souffle, le *shinshin* de la neige qui tombe, le *kankan* du soleil qui brille : autant de mots servant à décrire le monde qui nous entoure.

Ces termes prennent un relief tout particulier dans les mangas modernes, où on les retrouve à côté des bulles de dialogue : *Zubaaan ! Dooon ! Surusuru ! Shiiiin !*

Ces expressions caractéristiques de la sensibilité nippone servent à rehausser la réalité représentée dans ces bandes dessinées.

Quant aux petits écoliers nippons, ils finissent tous par apprendre une célèbre comptine remplie d'expressions de ce genre, dont voici les premiers vers :

Est-ce bien là le grillon que j'entends chanter ?
Chin-chiro, chin-chiro, chin-chiro-rin
Est-ce bien là le criquet que j'entends chanter ?
Rin-rin-rin-rin, ri-in-rin

Un soir…

Miki Tokita chantait à tue-tête cette comptine consacrée au chant des insectes. Le visage tout rouge, elle s'égosillait, sans doute afin de partager avec son père, Nagaré Tokita, cette chanson qu'elle avait apprise à l'école le jour même. Le cafetier, lui, ne pouvait s'empêcher de plisser le front de temps à autre, une moue contrariée sur le visage, l'oreille écorchée par les fausses notes de sa fille.

Égayant les nuits d'automne sans jamais cesser
Quel ravissant concert que celui des insectes !

— Magnifique ! s'exclama Kyôko Kijima, applaudissant à tout rompre, lorsque la fillette eut fini.

La jeune femme l'avait écoutée chanter, assise au comptoir. Miki esquissa un immense sourire, ravie de ces compliments.

— *Est-ce bien là le grillon…*, entonna-t-elle de plus belle.

— Ça va, on a compris, l'interrompit Nagaré, désespérant de la faire taire.

À sa décharge, il avait déjà entendu la chanson trois fois – rien d'étonnant, donc, à ce qu'il en ait assez.

— Et si tu commençais par ranger ton cartable ? ajouta-t-il en attrapant le sac abandonné sur le comptoir pour le tendre à sa propriétaire.

Tout à sa satisfaction d'avoir été félicitée par Kyôko, la fillette accepta avec un « oui » docile et disparut dans l'arrière-salle.

Chin-chiro, chin-chiro, chin-chiro-rin

Comme pour prendre sa place, la serveuse du café, Kazu Tokita, apparut alors.

— L'automne est bien là, murmura-t-elle.

À croire que le chant de l'écolière avait introduit une note automnale dans l'établissement qui, autrement, ne semblait pas connaître les saisons.

Ding-dong.

Le tintement de la clochette annonçait l'arrivée de Kiyoshi Manda, commissaire de police du quartier de Kanda.

Les matinées comme les soirées étaient déjà bien froides en ce début d'octobre. Vêtu d'un simple imperméable, Kiyoshi prit place à la table la plus proche de l'entrée.

— Bienvenue, lui lança Kazu en lui apportant un verre d'eau.

— Un café, s'il vous plaît, dit-il.

— Tout de suite, répondit Nagaré, avant de passer dans la cuisine.

À peine eut-il disparu que Kyôko se tourna vers Kazu avec un air de conspiratrice.

— Au fait…, murmura-t-elle, je t'ai vue passer devant la gare en compagnie d'un homme, tout à l'heure. Qui était-ce ? Pas ton petit ami, quand même ?

L'œil brillant, la curieuse souriait de toutes ses dents, espérant sans doute voir pour une fois la serveuse gênée.

— Si, si, répondit Kazu, sans s'émouvoir.

— Quoi ? s'étonna la cliente en se penchant par-dessus le zinc. Tu as un petit ami, toi ?

— Eh bien oui.

— Depuis quand ?

— Je l'ai connu aux Beaux-Arts, il était une classe au-dessus…

— Tu veux dire que ça fait déjà dix ans ?!

— Ah, non, on a commencé à sortir ensemble au printemps.

— De cette année ?

— Oui.

— Je vois…

Kyôko se balança dangereusement en arrière sur son siège et soupira. Elle était pourtant bien la seule à réagir. Kiyoshi, lui, avait sorti un carnet noir dans lequel il était à présent plongé, bien loin de ces préoccupations sentimentales.

— Et toi, Nagaré, tu savais que Kazu avait un petit ami ? cria Kyôko en direction de la cuisine.

Entendant sa voix résonner dans la salle exiguë, elle guetta la réaction de la serveuse, les épaules contractées, comme pour dire : *Zut, j'ai crié un peu trop fort, non ?*

Kazu, elle, continuait d'essuyer les verres, impassible. Après tout, elle n'avait rien à cacher. On lui avait posé une question, elle y avait répondu, tout simplement.

— Alors ? insista Kyôko devant l'absence de réponse du cafetier.

— Eh bien oui, plus ou moins, lança-t-il enfin.

Curieusement, il semblait plus embarrassé que la principale intéressée.

— Pas possible…, bredouilla Kyôko sans quitter Kazu des yeux.

Nagaré sortit de la cuisine.

— Pourquoi, ça te surprend ? demanda-t-il en servant son café à Kiyoshi.

Avec un sourire ravi, le policier huma l'odeur qui s'échappait de la tasse. Nagaré plissa les yeux d'un air satisfait. Il mettait un point d'honneur à proposer dans son établissement une sélection hors du commun. Le sourire de son client récompensait ses efforts. Le torse bombé de fierté, le patron regagna sa place derrière le comptoir.

— C'est-à-dire que…, marmonna Kyôko sans prêter attention à ce petit manège, Kazu ne semble pas du genre à entretenir une liaison.

— Tu trouves ? répliqua Nagaré en plissant les yeux.

Fredonnant une petite mélodie, il entreprit d'astiquer un plateau d'argent. La satisfaction de son client lui importait bien plus que les histoires de cœur de sa cousine.

Kyôko jeta à Kazu un regard en biais.

— Qu'est-ce que vous faisiez, tous les deux ? lui demanda-t-elle.

— On cherchait un cadeau.

— Un cadeau ?

— Pour l'anniversaire de sa mère…

— Ah, je vois.

Kyôko continua à bombarder la serveuse de questions au sujet de son petit ami : quelle impression il lui avait faite lors de leur première rencontre, comment il lui avait fait part de ses sentiments… Kazu répondit sans faillir, tant et si bien que l'interrogatoire n'en finissait plus.

Un détail semblait fasciner Kyôko plus que tout le reste : pour conquérir le cœur de sa belle, l'homme avait dû déclarer sa flamme non pas une, mais trois fois. La première alors qu'ils venaient tout juste de faire connaissance, la deuxième trois ans plus tard, et enfin la dernière au printemps de cette année.

Alors qu'elle avait jusque-là répondu à toutes ses questions sans hésiter, lorsque Kyôko lui demanda pourquoi elle avait fini par accepter de sortir avec lui après l'avoir éconduit deux fois, Kazu déclara d'un air vague :

— Je ne sais pas.

Après l'avoir interrogée tout son saoul, Kyôko demanda un autre café à Nagaré, le menton dans la main, l'air tout content.

— Ça te fait tellement plaisir de savoir qu'elle a un petit ami ? lui demanda-t-il en la servant.

— Ma mère disait toujours qu'elle espérait voir Kazu se marier vite et trouver le bonheur…, répondit-elle avec un sourire.

Sa mère, Kinuyo, était morte un mois plus tôt, après s'être battue contre la maladie. La défunte dirigeait le cours de dessin que Kazu avait fréquenté lorsqu'elle était enfant. Elle aimait beaucoup le café de Nagaré et, jusqu'à sa prise en charge dans un hôpital proche, elle passait dans son établissement dès qu'elle avait un moment de libre. Patron comme serveuse lui étaient donc très attachés.

— Je vois..., murmura Nagaré.

Kazu, elle, ne dit rien, mais sa main s'était figée sur le verre qu'elle était en train d'essuyer.

— Oh, pardon, je ne voulais pas dire que maman est partie avec des regrets, s'empressa d'ajouter Kyôko, sentant sans doute que l'atmosphère venait de s'assombrir. Je ne voudrais pas qu'il y ait de malentendu !

— Au contraire, je te remercie, répondit Kazu avec un gentil sourire.

Kyôko hocha la tête d'un air heureux, visiblement satisfaite d'avoir réussi à lui confier les sentiments de Kinuyo.

— Excusez-moi..., lança timidement Kiyoshi.

Jusque-là, il avait bu son café en silence, guettant à l'évidence le moment opportun pour s'immiscer dans la conversation.

— J'aurais une question à vous poser..., ajouta-t-il d'un air terriblement gêné.

— Oui ? répondit aussitôt Kyôko sans savoir à qui il s'adressait.

— Qu'y a-t-il ? demanda en même temps Nagaré.

Kazu, quant à elle, se contenta de regarder le policier.

Kiyoshi ôta sa casquette miteuse et se gratta la tête.

— À vrai dire, c'est bientôt l'anniversaire de ma femme, et je ne sais pas quoi lui offrir…, expliqua-t-il.

— Votre femme ?

— Oui…

Kiyoshi avait dû entendre que Kazu avait aidé son petit ami à choisir un cadeau pour sa mère. Sans doute comptait-il sur elle pour le conseiller.

— Hoho, gloussa Kyôko.

— Que lui avez-vous offert l'année dernière ? demanda très sérieusement la serveuse.

Kiyoshi se gratta la tête une nouvelle fois.

— J'ai honte, mais comme je ne lui ai jamais rien offert pour son anniversaire, je ne sais pas ce qui pourrait lui faire plaisir…

— Quoi ? Jamais ? s'étonna Kyôko. Qu'est-ce qui vous a fait changer d'avis ?

— Oh, euh, il n'y a pas de raison particulière…, répondit-il en tendant la main vers sa tasse vide.

— Que c'est mignon, ne put s'empêcher de souffler Kyôko en voyant son embarras.

Nagaré, lui, avait écouté l'échange avec attention, les bras croisés.

— Si vous voulez mon avis…, murmura-t-il en rougissant, n'importe quel cadeau lui ferait plaisir.

— Ça lui fait une belle jambe, tiens ! rétorqua Kyôko.

— Désolé, bredouilla le cafetier, penaud.

— Que diriez-vous d'un collier, par exemple ? proposa Kazu en remplissant sa tasse.

— Un collier ?

— Ce n'est rien d'extravagant, mais…

À ces mots, elle souleva la chaîne qu'elle portait autour du cou. Elle était si fine qu'il n'aurait pu la remarquer.

— Fais voir ? Oh, mais oui, quelle excellente idée ! Toutes les femmes ont un faible pour ce genre de cadeau, quel que soit leur âge, acquiesça Kyôko avec enthousiasme.

— Au fait, mademoiselle Kazu, quel âge avez-vous, déjà ?

— Vingt-neuf ans.

— Vingt-neuf…, murmura Kiyoshi, pensif.

— Qu'y a-t-il ? s'enquit Kyôko en le voyant pâlir. Craignez-vous que ce ne soit pas de son âge ? Ne vous en faites pas pour ça, c'est l'intention qui compte ! Votre femme sera certainement ravie.

Les traits du policier s'illuminèrent aussitôt.

— Entendu. Merci beaucoup pour votre aide !

— Bon courage !

Kyôko, qui ne s'attendait probablement pas à ce qu'un vieux policier aussi empoté que Kiyoshi prenne soin de choisir un cadeau pour l'anniversaire de sa femme, se montra à la fois surprise, impressionnée et encourageante.

— Merci.

Kiyoshi remit sa vieille casquette et tendit la main vers sa tasse à café.

Kazu esquissa un sourire.

Est-ce bien là le lion que j'entends chanter ?

Gao-gao, gao-gao, gaaao-gao

La voix de Miki retentissait depuis l'arrière-salle.

— Je ne me souvenais pas de ce couplet…, remarqua Kyôko en croisant les bras, le regard perdu au loin.

— C'est sa nouvelle lubie, on dirait, répondit Nagaré.

— D'inventer des paroles fantaisistes ?

— Exactement.

— Maintenant que tu le dis, c'est bien un truc de gosse, ça. Yôsuke aussi, quand il avait son âge, se mettait à chanter n'importe quoi, n'importe où… C'était très gênant !

Kyôko jeta un regard en direction de l'arrière-salle, avec un sourire nostalgique.

— Au fait, il ne vient plus avec toi, ces derniers temps ? lui demanda Nagaré.

Scolarisé en quatrième année de primaire, le fils de Kyôko accompagnait souvent sa mère lorsqu'elle venait chercher le café que Nagaré préparait pour Kinuyo, quand elle était hospitalisée.

— Quoi ?

— Je parle de Yôsuke.

— Ah, oui, murmura la distraite en attrapant le verre posé devant elle. Il venait seulement pour faire plaisir à sa grand-mère…

Elle but une gorgée d'eau.

Dès le décès de son aïeule, le garçonnet avait cessé de venir.

Après six mois d'hospitalisation, Kinuyo avait trempé une dernière fois ses lèvres dans le café préparé par Nagaré et avait poussé son dernier soupir, comme pour s'endormir.

Encore trop jeune pour boire lui-même du café, Yôsuke n'avait donc plus aucune raison de fréquenter l'établissement.

Kyôko avait beau s'y être préparée, un mois à peine s'était écoulé depuis le décès de sa mère, survenu à la fin de l'été, et elle ne pouvait dissimuler sa tristesse.

Nagaré n'avait pas fait le lien entre la disparition de Kinuyo et le changement d'habitude du petit garçon, aussi regretta-t-il d'avoir abordé le sujet.

— Désolé…, marmonna-t-il en baissant la tête.

La voix de Miki retentit joyeusement depuis l'arrière-salle :

Est-ce bien là le gros coq que j'entends chanter ?

Koké-koké, koké-koké, kooookékyo !

— Pfft ! fit Kyôko en l'entendant.

Sans doute savait-elle gré à la fillette d'avoir soudain égayé l'ambiance qu'elle-même venait de plomber.

— Elle ne confondrait pas coq et bouscarle, par hasard ? s'esclaffa-t-elle en regardant Nagaré, qui semblait partager son avis.

— Qu'est-ce qu'elle nous chante encore, celle-là ?

Avec un profond soupir, il disparut dans l'arrière-salle.

— Qu'est-ce qu'elle est mignonne, cette petite, murmura Kyôko pour elle-même.

— Merci pour le café !

Profitant du changement d'atmosphère, Kiyoshi se leva, addition à la main, et rejoignit la caisse, où il déposa quelques pièces sur le plateau pour régler sa boisson avant d'incliner poliment la tête.

— Et merci beaucoup pour vos précieux conseils, dit-il.

Puis il quitta l'établissement.

Ding-dong.

Dans la salle ne restaient plus que Kyôko et Kazu.

— Comment va Yukio ? demanda la serveuse en encaissant l'argent laissé par le policier.

Elle faisait allusion au frère cadet de Kyôko, installé à Kyôto pour y apprendre le métier de céramiste. La cliente la fixa un instant, l'air étonné – sans doute ne s'attendait-elle pas à entendre la jeune femme prononcer le nom de son frère. Sans se départir de son impassibilité habituelle, celle-ci remplit à nouveau son verre d'eau.

Décidément, rien ne lui échappe.

Kyôko soupira.

— Il n'était pas au courant de son hospitalisation. Maman ne voulait pas que je le prévienne…

Attrapant son verre, elle le souleva de quelques centimètres, mais au lieu de le porter à ses lèvres, elle se mit à le faire tourner lentement.

— Il doit être en colère, je suppose… Il n'est même pas venu à ses funérailles.

Kyôko gardait les yeux rivés sur la surface de l'eau toujours horizontale, quelle que soit l'inclinaison du verre.

— Et puis, son portable est toujours coupé…

Elle n'avait pas réussi à le joindre une seule fois. Elle avait eu beau l'appeler, elle tombait toujours sur l'annonce : « Le numéro que vous avez demandé n'est pas attribué. » Elle avait même essayé de contacter l'atelier dans lequel il travaillait, mais il avait quitté les lieux quelques jours auparavant, et personne ne savait où il était allé.

— Je ne sais même pas où il est, ni ce qu'il fait en ce moment…

Voilà un mois qu'elle ne dormait plus, culpabilisant d'avoir maintenu son frère dans l'ignorance – comment elle-même aurait-elle réagi à sa place ?

Une rumeur courait au sujet de ce café, selon laquelle on pouvait y remonter le temps. Bien sûr, Kyôko ne comptait plus le nombre de fois où elle avait vu des clients visiter l'établissement dans ce but, jamais, pourtant, elle n'aurait cru qu'un événement pourrait lui donner un jour envie d'en faire autant.

Mais il y avait un mais. Ce n'était pas l'envie qui lui manquait, mais ce n'était pas la solution, elle le savait bien. Même si elle remontait le temps, il existait une règle implacable : *une fois de retour dans le passé, quoi que l'on fasse, on ne peut pas changer le présent.*

Partant de ce principe, elle aurait beau retourner au jour de l'hospitalisation de Kinuyo pour écrire un mot à Yukio, en vertu de la règle établie, la lettre n'atteindrait jamais son destinataire. Et quand bien même elle lui parviendrait, pour une raison quelconque, elle échapperait à l'attention de Yukio, lequel refuserait par conséquent de se rendre aux funérailles, choqué d'avoir appris brutalement le décès de sa mère. Telle était la règle. En d'autres termes, Kyôko ne voyait aucun intérêt à retourner dans le passé.

— Maman ne voulait pas inquiéter Yukio, et je la comprends…

Même si c'était précisément cette sollicitude qui avait mis Kyôko dans une situation inconfortable.

— Mais…

Kyôko enfouit son visage dans ses mains, les épaules saisies d'une secousse. Kazu poursuivit son travail, sans plus lui adresser la parole. Le temps continua de s'écouler en silence.

Est-ce bien là papa que j'entends arriver ?
Poum poum poum poum scarabée bousier
Égayant les nuits d'automne sans jamais cesser
Ah quel drôle de concert que celui des insectes !

La voix de Miki résonnait une nouvelle fois depuis l'arrière-salle. Cette fois, pourtant, ses paroles fantaisistes ne firent pas rire Kyôko.

Ce soir-là…

Kazu se trouvait seule dans le café – non, c'est inexact : la femme à la robe blanche était avec elle.

Cette dernière continuait de lire son livre, toujours aussi imperturbable, tandis que la serveuse débarrassait. Elle approchait de la fin de sa lecture : il ne restait plus que quelques pages sous les doigts de sa main gauche.

Kazu aimait les moments qui suivaient la fermeture de l'établissement. Non que le rangement ou le ménage soient des activités qu'elle affectionnait particulièrement. Simplement, elle appréciait de vaquer à ses occupations, l'esprit vide. Elle y trouvait le même plaisir que dans le dessin. Exceptionnellement douée pour reproduire au crayon, avec la même précision qu'une photo, les choses qu'elle voyait, Kazu pratiquait volontiers l'hyperréalisme. Elle se contentait de croquer des choses vues, sans jamais dessiner à partir de son imagination, ni y mêler ses émotions personnelles. Ce qu'elle aimait, au fond, c'était tout simplement coucher sur le papier les choses qu'elle observait, sans penser à rien.

Plop.

Sa lecture terminée, la femme à la robe blanche avait refermé son livre avec un bruit sec qui résonna dans la salle. Elle le poussa sur un coin de la table et tendit la main vers sa tasse de café. La voyant faire, Kazu sortit un ouvrage de sous le comptoir pour le lui apporter.

— Pas sûr qu'il te plaise, mais…, dit-elle en lui tendant le livre avant de reprendre l'ancien.

Elle procéda à l'échange d'un geste fluide, rendu automatique par de nombreuses répétitions. Sur son visage, toutefois, son habituelle impassibilité avait cédé la place à une autre expression, celle que l'on arbore en offrant un cadeau choisi avec soin à une personne chère.

Elle espérait voir la joie poindre sur son visage. Il s'agit là d'un sentiment naturel lorsque l'on fait un présent à quelqu'un. Et lorsque l'on sélectionne le cadeau en pensant aux goûts de la personne dans le but de lui faire plaisir, le temps passe en un éclair.

La femme à la robe blanche n'était pas la plus rapide des lectrices. Elle avait beau y consacrer tout son temps, il lui fallait environ deux jours pour venir à bout d'un roman.

Une fois par semaine, Kazu se rendait à la bibliothèque pour y emprunter des titres à lui proposer. Même s'il ne s'agissait pas à proprement parler de cadeaux, apporter des romans à la femme en blanc ne constituait pas une simple « corvée » aux yeux de Kazu.

Il y avait de cela encore quelques années, la femme en blanc se contentait de relire, encore et toujours, le même livre, un roman intitulé *L'Amant*. Jusqu'au jour où Miki lui avait demandé : « Tu n'en as pas assez de lire toujours la même chose ? », et elle lui avait proposé un de ses livres d'images. C'est en regardant faire la fillette que Kazu avait décidé de lui apporter elle aussi de nouveaux romans.

Si je pouvais au moins lui faire plaisir avec un titre que j'aurais choisi…

Sans lui prêter la moindre attention, la femme en blanc s'empara du livre en silence et l'ouvrit à la première page.

— …

Aussi discrètement que le sable s'écoule dans un sablier, toute trace d'espoir disparut du visage de Kazu.

Ding-dong.

La clochette de l'entrée retentit, alors même que le café était fermé, comme l'annonçait la pancarte *Closed* accrochée à la porte. Pourtant, Kazu ne se demanda pas qui pouvait bien venir encore à cette heure-là. Sans laisser paraître la moindre surprise, elle tourna les yeux vers l'entrée tandis qu'elle regagnait sa place derrière le comptoir.

Le nouvel arrivant était un homme hâlé qui devait avoir entre trente-cinq et quarante ans. Vêtu d'un tee-shirt noir à col en V sous une veste marron foncé, d'un pantalon assorti et de chaussures noires, il balaya distraitement la salle du regard, un air mélancolique sur le visage.

— Bienvenue !

— Vous êtes déjà fermés, je suppose ? s'enquit l'homme d'une voix éteinte.

C'était donc en toute connaissance de cause qu'il était entré.

— Aucune importance, lui répondit Kazu en l'invitant d'un geste à prendre place au comptoir.

L'homme s'exécuta. Était-ce l'effet de la fatigue ? Chacun de ses mouvements semblait effectué au ralenti.

— Voulez-vous boire quelque chose ?

— Ah, non merci…

Une serveuse ordinaire aurait pris un air ennuyé en voyant un client arriver après la fermeture sans même prendre la peine de commander quoi que ce soit. Mais pas Kazu.

— Entendu, répondit-elle.

Elle se contenta de lui tendre un verre d'eau, sans plus de commentaire.

— Ah…

Prenant conscience de l'étrangeté de son comportement, l'homme s'empressa d'ajouter :

— E-excusez-moi… Un café, s'il vous plaît.

— Tout de suite, répondit Kazu, le regard baissé, et elle disparut dans la cuisine.

L'homme poussa un profond soupir et promena son regard dans la salle aux tons sépia. Des lampes à abat-jour projetant une lumière tamisée, un ventilateur tournant lentement au plafond. Trois grandes horloges murales indiquant des heures différentes.

Et enfin, assise dans un coin, une femme qui lisait un roman, vêtue d'une robe blanche.

— Dites-moi… Est-ce vrai qu'elle est un fantôme ? demanda-t-il sans préambule, lorsque la serveuse reparut.

— En effet.

Si surprenante que fût la question, Kazu y avait répondu le plus simplement du monde. Nombreux étaient les clients qui visitaient le café attirés par la rumeur. La serveuse y était tellement habituée qu'il s'agissait là pour elle d'une conversation des plus banales.

— Je vois…, répondit l'homme.

Kazu entreprit de préparer le café devant lui. D'ordinaire, elle avait tendance à utiliser une cafetière à dépression. Cette méthode a ceci de particulier que l'eau chaude contenue dans la verseuse remonte par un siphon pour s'imprégner des arômes du café moulu avant de redescendre. C'était un spectacle que Kazu avait plaisir à contempler.

Ce jour-là, pourtant, lorsqu'elle revint de la cuisine, ce fut avec une cafetière à filtre. Elle avait même apporté un moulin, qui devait contenir des grains de café.

La technique dite du *drip* était la spécialité du patron, Nagaré. Avec cette méthode, le café est extrait goutte à goutte après lente imprégnation de la mouture disposée dans le filtre. Kazu évitait généralement d'employer ce système, qu'elle trouvait fastidieux.

La serveuse moulut les grains en silence. L'heure n'était pas aux bavardages. L'homme, de son côté, se grattait la tête d'un air gêné. Il ne semblait pas du genre à engager spontanément la conversation.

Bientôt, une délicieuse odeur de café embauma la pièce.

— Merci d'avoir patienté, dit Kazu en présentant à l'homme une tasse d'où s'élevait une volute de vapeur.

— …

L'homme resta figé et muet un instant, le regard plongé dans son café. D'une main adroite, Kazu débarrassa la cafetière et le moulin.

Dans l'ambiance feutrée de la salle ne résonnait plus que le bruit discret des pages que tournait la femme à la robe blanche.

L'homme tendit enfin la main vers sa tasse. C'était le moment où les amateurs de café prenaient le temps d'en humer l'arôme, mais l'homme s'empressa de le boire d'un trait, sans changer d'expression.

— C'est…

Sans doute surpris par le goût du café, l'homme, jusque-là impassible, avait murmuré, les sourcils froncés, comme mécontent.

Le moka qu'il venait de boire était réputé pour son arôme agréable et sa saveur acide. Nagaré était un inconditionnel du moka, qu'il mettait un point d'honneur à servir en exclusivité dans son établissement. Mais les personnes qui, à l'instar de cet homme, n'avaient pas l'habitude d'en boire demeuraient souvent perplexes face au goût particulier de ce café préparé avec des grains de moka ou de kilimandjaro.

Les différentes variétés tirent généralement leur nom de leur région d'origine. Le moka, récolté au Yémen et en Éthiopie, était expédié depuis le port de Moka, tandis que le kilimandjaro vient de la région du même nom, en Tanzanie. Nagaré aimait utiliser des grains venus d'Éthiopie, et il n'était pas le seul à apprécier leur puissante acidité.

— C'est un moka Harrar que Kinuyo aimait beaucoup, dit Kazu.

— Pardon ?

L'homme la regarda, interloqué.

Comment cette serveuse inconnue pouvait-elle prononcer le nom de Kinuyo, alors qu'il ne s'était même pas présenté ?

L'homme s'appelait Yukio Mita. Apprenti céramiste, il n'était autre que le fils de Kinuyo et le cadet de Kyôko. Si sa mère était une habituée de longue date de ce café, c'était la première fois que Yukio y mettait les pieds. Même Kyôko, qui habitait à quinze minutes en voiture de là, n'avait commencé à fréquenter l'établissement qu'après l'hospitalisation de Kinuyo, pour venir lui acheter son café.

Ledit Yukio dévisageait Kazu avec suspicion. La serveuse, elle, ne s'en préoccupait guère ; elle se contentait de lui sourire en silence, comme si elle s'était attendue à recevoir sa visite.

— Quand… (il se gratta la tête) avez-vous compris que j'étais son fils ?

La question le tracassait, même s'il n'avait pas cherché à cacher son identité.

— Vous lui ressemblez beaucoup, répondit Kazu en nettoyant le moulin à café.

L'intéressé porta la main à son visage d'un air gêné. Il ne semblait pas convaincu – peut-être était-ce la première fois qu'on lui faisait cette remarque.

— Sans doute n'est-ce qu'une coïncidence, mais Kyôko était justement là cet après-midi. Elle nous a parlé de vous. Alors j'ai eu comme une intuition…

— Je vois…, murmura Yukio. (Il détourna les yeux et ajouta avec un signe de tête :) Mon nom est Yukio Mita.

— Kazu Tokita, répondit la serveuse en s'inclinant légèrement.

— Ma mère m'a parlé de vous dans ses lettres, reprit Yukio. Elle a aussi évoqué une rumeur concernant ce café…

Posant le regard sur la femme à la robe blanche, il déglutit bruyamment et se leva.

— S'il vous plaît, permettez-moi de retourner dans le passé, du vivant de ma mère, implora-t-il.

Depuis l'enfance, Yukio était un garçon sérieux, du genre à se consacrer sans relâche à une seule et même tâche. Lorsqu'on lui confiait un travail, même sans surveillance, il l'accomplissait consciencieusement. Par exemple, lorsque venait l'heure du ménage à l'école primaire, il nettoyait soigneusement la salle, seul, alors que ses camarades partaient jouer dehors.

D'un naturel chaleureux, il était gentil avec tout le monde. Tout au long de sa scolarité, il avait fait partie des plus calmes et n'était jamais sorti du lot. C'était un garçon banal, qui se fondait dans le décor.

C'est à l'époque du lycée, à la faveur d'un voyage scolaire à Kyôto, qu'un tournant s'était opéré chez lui. Alors qu'il avait pour consigne de s'initier aux arts traditionnels, céramique, facture d'éventails, de sceaux, vannerie du bambou, il avait opté pour la première discipline. Même s'il s'agissait de son premier contact avec un tour de potier, il avait confectionné une pièce d'une forme exceptionnelle comparée à celles de ses camarades. « C'est la première fois que je vois un débutant réaliser une forme aussi originale. Tu as un vrai talent », lui avait dit le maître de l'atelier. Jamais l'adolescent n'avait reçu un tel compliment.

Yukio était ressorti de cette expérience avec le vague désir de devenir céramiste.

Comment s'y prendre ? Il n'en avait pas la moindre idée. Mais cette aspiration ne l'avait plus quitté, même après son retour de Kyôto.

Puis, un beau jour, il avait vu à la télévision un céramiste du nom de Katsura Yamagishi présenter ses œuvres en déclarant : « Après quarante ans de pratique, enfin, je parviens à créer des pièces satisfaisantes. » Cela avait été un choc pour le jeune homme.

Yukio n'était pas mécontent de son existence tranquille, mais quelque part au fond de lui résonnait un vœu : *J'aimerais trouver une profession qui mérite qu'on y consacre sa vie.* Il avait reconnu en Katsura Yamagishi un modèle, un exemple à suivre.

Deux voies tout à fait différentes s'offraient à lui pour devenir céramiste : il pouvait soit étudier aux Beaux-Arts ou dans une école spécialisée, soit apprendre son art en travaillant comme disciple auprès d'un maître.

Plutôt que de poursuivre des études, Yukio avait choisi de partir pour Kyôto afin d'y devenir l'apprenti de Katsura Yamagishi, car l'artiste avait prononcé une autre phrase qui lui avait plu lors de cette fameuse émission : « Pour devenir le meilleur, il faut côtoyer les meilleurs. »

Hélas, lorsqu'il avait fait part de son souhait à son père, Seiichi, celui-ci lui avait rétorqué : « Vous êtes des milliers, voire des dizaines de milliers à partager cette vocation, mais seule une poignée a assez de talent pour gagner sa vie en tant que céramiste. Or je doute que ce soit ton cas. »

Yukio n'avait pas baissé les bras pour autant. Mais il ne lui avait pas échappé que s'il intégrait une école, il incomberait à ses parents de payer les frais de scolarité. Comme il ne tenait pas à devenir un fardeau pour sa famille, il avait résolu de faire son apprentissage dans un atelier. Seiichi était contre, mais Kinuyo avait fini par le convaincre, et c'est ainsi que Yukio était parti pour Kyôto, dès le lycée terminé.

Quant à l'atelier qu'il avait choisi, c'était, bien entendu, celui de Katsura Yamagishi.

Le jour de son départ, Kinuyo et Kyôko l'avaient accompagné jusque sur le quai du Shinkansen.

— Prends au moins ceci…, avait dit Kinuyo en lui donnant son livret bancaire et son sceau.

Le jeune homme savait qu'elle avait patiemment économisé la somme déposée sur ce compte pour faire un voyage à l'étranger avec son mari.

— Je ne peux pas accepter, avait-il protesté.

Mais sa mère n'avait rien voulu entendre. La sonnerie du train avait retenti, et Yukio n'avait eu d'autre choix que d'accepter en inclinant la tête avant d'embarquer.

— Allez, maman, on y va, avait dit Kyôko.

Mais Kinuyo était restée encore un moment sur le quai, même après que le train eut disparu.

— Une fois de retour dans le passé, peu importe ce qu'on y fait, on ne peut pas changer le présent.

Kazu avait commencé à lui expliquer les règles – et celle-ci était particulièrement importante dans le cas où la personne que l'on voulait revoir n'était plus de ce monde.

Il n'y a pas plus soudain que le deuil. Pour Yukio, qui n'était même pas au courant de l'hospitalisation de sa mère, la séparation avait été d'autant plus brutale.

— Compris, répondit-il pourtant, comme s'il était déjà au courant de cette règle.

C'est au printemps de cette année-là que l'on avait découvert le cancer de Kinuyo. La maladie était déjà en phase terminale, et les médecins ne lui donnaient plus que six mois à vivre. S'ils avaient pu détecter le mal ne serait-ce que trois mois plus tôt, ils auraient pu encore faire quelque chose, avaient-ils confié à Kyôko.

Mais en vertu de la règle énoncée, on aurait beau retourner en arrière et tout faire pour obtenir un diagnostic précoce, la mort de Kinuyo demeurerait inévitable.

— Voulez-vous que je vous explique en termes simples les règles de l'établissement ? demanda Kazu, même si elle subodorait que Kinuyo l'avait déjà mis au parfum.

— S'il vous plaît, répondit le jeune homme après un instant de réflexion.

Laissant son travail de côté, la serveuse se lança dans l'exposé habituel :

— Commençons par la première règle : même si vous remontez le temps, vous ne pourrez y rencontrer que des personnes ayant déjà visité ce café.

— Entendu, répondit aussitôt Yukio.

Si d'aventure la personne en question n'y était venue qu'une fois, ou si elle n'y était passée que brièvement, les chances de la revoir s'en trouvaient considérablement réduites. Cependant, dans le cas des habitués, dont faisait partie Kinuyo, la probabilité était des plus élevées. Inutile de s'attarder sur ce point, aussi Kazu passa-t-elle au point suivant.

— Entendu, répondit encore Yukio sans demander plus de précisions.

— Troisième règle : pour remonter le temps, vous devez vous asseoir à la place qu'occupe cette femme…

À ces mots, Kazu posa les yeux sur la femme en blanc. Yukio suivit son regard.

— Mais pour cela, vous devez attendre qu'elle se lève pour aller aux toilettes.

— Quand ?

— Aucune idée… Mais elle s'y rend une fois par jour, sans exception…

— Donc il n'y a qu'à attendre ?

— Exactement.

— Entendu, répéta Yukio, impassible.

Kazu n'était pas d'un naturel bavard, et comme Yukio ne l'interrompait pas par des questions et des commentaires, les explications allaient bon train.

— Quatrième règle : une fois dans le passé, vous ne devrez plus quitter votre siège. Si, par accident, vous vous levez, vous serez ramené de force dans le présent.

Que le visiteur oublie ce principe, et il en subirait les conséquences.

— Il y a encore une cinquième règle : votre retour dans le passé durera de l'instant où je vous servirai le café à celui où il aura refroidi.

Ses explications terminées, Kazu s'empara du verre vide de Yukio. L'homme devait avoir la gorge sèche, car il n'avait cessé de boire son eau à petites gorgées.

Mais ils n'en avaient pas encore fini avec ce fichu règlement :

Ce voyage dans le temps ne pouvait être entrepris qu'une seule fois.

Que l'on visite le passé ou le futur, on pouvait y prendre des photos et aussi offrir des cadeaux ou en recevoir.

On aurait beau utiliser quelque stratagème pour maintenir le café au chaud, rien ne l'empêcherait de refroidir.

Par ailleurs, même si un article de magazine consacré aux légendes urbaines avait rendu l'établissement célèbre comme « le café où l'on peut retourner dans le passé », il était également possible de visiter le futur. Simplement, les requêtes en ce sens étaient bien plus rares – pour la simple et bonne raison que l'on pouvait difficilement savoir si la personne que l'on souhaitait rencontrer s'y trouverait bien. Après tout, personne ne pouvait prédire l'avenir. Alors, en dehors des situations désespérées, il y avait peu d'intérêt à entreprendre un tel périple, tant les chances de trouver la personne cherchée dans le peu de temps qu'il fallait à un café pour refroidir étaient minces. Dans l'écrasante majorité des cas, le déplacement se révélerait inutile.

Kazu ne se donnait pourtant pas la peine d'expliciter toutes ces subtilités. Elle se contentait d'énoncer les règles de base, et n'abordait le reste que si on l'interrogeait.

Yukio but une gorgée d'eau.

— D'après ce que m'a dit ma mère, si l'on ne revient pas avant que le café ait refroidi, on se transforme en fantôme… Est-ce vrai ? demanda-t-il sans quitter Kazu des yeux.

— C'est vrai, répondit simplement la serveuse.

Le céramiste baissa le regard et prit une légère inspiration.

— Autrement dit… on meurt, c'est bien ça ? demanda-t-il, comme en quête d'une confirmation.

C'était bien la première fois qu'un client cherchait à clarifier ce point précis.

L'expression de Kazu, qui était restée jusque-là parfaitement impassible, quelles que soient les questions posées, se modifia un instant. Le changement n'avait duré qu'un clin d'œil. Avec un petit soupir, elle cligna lentement des paupières et retrouva son calme habituel.

— Exactement, répondit-elle.

— Je comprends, murmura Yukio.

Ayant fini de lui énoncer les règles, Kazu regarda la femme en blanc.

— Il ne vous reste donc plus qu'à attendre qu'elle quitte son siège. Pouvez-vous patienter ? demanda-t-elle afin de s'assurer une dernière fois qu'il n'avait pas changé d'avis.

— Bien sûr, répondit-il sans hésiter.

Saisissant la tasse posée devant lui, il aspira son contenu, pourtant déjà tiède, jusqu'à la dernière goutte.

— Voulez-vous que je vous resserve ? proposa Kazu.

— Non merci, ça ira, répondit Yukio en agitant la main.

Même s'il s'agissait du café que sa mère buvait tous les jours, il ne semblait guère le trouver à son goût. Emportant la tasse vide, Kazu s'arrêta à mi-chemin de la cuisine.

— Pourquoi n'avez-vous pas assisté à ses funérailles ? demanda-t-elle sans se retourner.

Kazu n'avait pas l'habitude de poser ce genre de question. Du point de vue du fils qui avait manqué les funérailles de sa mère, sans doute cela avait-il valeur d'accusation.

L'intéressé plissa le front, comme piqué au vif.

— Suis-je obligé de répondre ? répliqua-t-il d'un ton un peu brutal.

— Non. Simplement, Kyôko craignait que ce soit à cause d'elle que vous aviez décidé de ne pas vous y rendre…

Kazu inclina la tête puis disparut dans la cuisine.

En réalité, Kyôko n'y était pour rien si Yukio n'avait pas assisté aux funérailles de Kinuyo. Certes, le céramiste avait eu du mal à accepter le décès de sa mère, mais la raison principale de son absence était tout autre : il n'avait pas les moyens de faire le voyage depuis Kyôto. Car lorsqu'il avait reçu le faire-part de décès, il était lourdement endetté.

Trois ans plus tôt, Yukio, encore jeune apprenti, avait reçu une offre inattendue de financement s'il ouvrait son propre atelier. Se mettre à son propre compte, c'était le rêve pour un artisan ; lui-même espérait pouvoir un jour ouvrir son propre atelier, à Kyôto bien sûr.

L'investisseur potentiel n'était autre qu'un grossiste, nouvellement établi à Kyôto, qui distribuait les œuvres produites par l'atelier où Yukio effectuait son apprentissage.

Dix-sept ans s'étaient écoulés depuis son départ de Tôkyô. Afin de réduire ses dépenses, Yukio menait une vie spartiate ; il logeait dans un petit studio sans salle de bains et ne s'autorisait pas la moindre fantaisie.

Sa seule motivation était de parvenir rapidement à son but afin de faire la fierté de sa mère. Pour tout dire, il avait même commencé à perdre patience en voyant approcher la quarantaine. Après avoir accepté l'offre, il avait rassemblé ses économies, emprunté le reste de la somme nécessaire à un organisme de prêt, et confié le tout à son investisseur afin qu'il prépare l'ouverture de l'atelier.

Hélas, l'investisseur s'était enfui avec la caisse.

Yukio s'était fait avoir sur toute la ligne. Non seulement il n'avait toujours pas d'atelier, mais il se retrouvait lourdement endetté.

Or les problèmes d'argent, ça vous ronge un homme. Jour après jour, son esprit tout entier était occupé par le remboursement de ses créances, sans qu'il puisse penser à autre chose – et certainement pas à l'avenir.

Comment allait-il pouvoir rassembler cet argent ? Et demain, comment y parviendrait-il ? C'était là sa seule préoccupation.

Peut-être valait-il mieux mourir…

Combien de fois cette pensée lui avait-elle traversé l'esprit ? Mais s'il mourait, ses créanciers iraient s'en prendre à sa mère. Seule cette perspective insupportable l'empêchait de donner suite à ses idées suicidaires.

C'est au cœur de cette tourmente qu'il avait appris le décès de Kinuyo, un mois plus tôt. Dans sa tête avait alors résonné un bruit sec : celui d'un fil tendu qui se rompait.

Lorsque Kazu eut disparu de sa vue, Yukio sortit son téléphone portable de la poche intérieure de sa veste, en consulta l'écran et soupira.

— Pas de réseau… ?

Il jeta un regard furtif à la femme en blanc. Quelques instants plus tard, il se leva de son siège, comme saisi d'une idée.

Doutant que le fantôme choisisse ce moment pour aller aux toilettes, il rejoignit la porte d'un pas vif, téléphone en main, et quitta la pièce.

Ding-dong.

À peine la clochette eut-elle retenti que la femme à la robe blanche referma son roman avec un claquement.

Probablement Yukio était-il simplement sorti passer un coup de fil – mais il n'aurait pu choisir plus mal son moment.

Son livre coincé sous le bras, la femme en blanc se leva à son tour sans un bruit pour se rendre au petit coin.

L'entrée du café même se trouvait dans un couloir. À gauche en sortant de la salle se dressait une grande porte en bois donnant sur l'extérieur ; à droite, les sanitaires. D'un pas lent, la femme en blanc franchit le seuil et prit à droite.

Vlan.

À peine la porte des cabinets eut-elle claqué que Kazu reparut dans la salle à présent déserte.

Si Nagaré avait été là, sans doute se serait-il précipité pour rattraper Yukio, car celui-ci était en train de manquer sa seule chance de la journée de retourner dans le passé.

Kazu, elle, n'en fit rien. Elle se contenta de débarrasser la tasse de la femme en blanc, comme si de rien n'était. Comme si le dénommé Yukio n'avait jamais mis les pieds dans l'établissement. Pourquoi était-il sorti, allait-il revenir ? Ces questions ne l'intéressaient absolument pas.

Elle épousseta la table et retourna dans la cuisine laver la tasse qu'elle venait de débarrasser.

Ding-dong.

Yukio réapparut. Son téléphone en poche, il regagna son siège au comptoir et attrapa le verre d'eau posé devant lui. Le dos tourné à la salle, il n'avait pas remarqué l'absence de la femme en blanc. Il vida son verre d'un trait et poussa un long soupir.

Kazu revint de la cuisine avec un plateau sur lequel étaient posées une cafetière en argent et une tasse d'un blanc immaculé.

— J'ai appelé ma sœur, expliqua Yukio en la voyant arriver.

Il n'y avait plus trace dans sa voix de ce ton défensif avec lequel il avait refusé de justifier son absence aux funérailles de sa mère.

— Je vois, répondit calmement la serveuse, même si elle n'avait pas la moindre idée de ce dont il avait pu s'entretenir avec Kyôko.

Yukio leva les yeux et déglutit en voyant Kazu plantée devant lui. Une atmosphère mystérieuse, semblable à un pâle halo lumineux, semblait émaner d'elle, comme si elle n'appartenait pas au monde des mortels.

— La place est libre…, fit remarquer la serveuse.

Yukio laissa échapper un petit cri de surprise.

— Asseyez-vous, je vous en prie, ajouta-t-elle en se postant à côté de la chaise laissée vacante par la femme en blanc.

Le céramiste resta un instant décontenancé, visiblement surpris de n'avoir pas remarqué le départ tant attendu du fantôme.

— D'accord, marmonna-t-il finalement devant le regard insistant de Kazu.

Rejoignant la table désignée, il ferma les yeux et inspira un grand coup avant de prendre place sur le fameux siège.

— Je vais à présent vous servir le café, annonça Kazu d'une voix calme et pleine de gravité en posant la tasse devant lui. Votre voyage dans le passé ne peut durer qu'entre le moment où je verse le café et celui où il aura refroidi…

Elle lui avait déjà expliqué cette règle un peu plus tôt. Pourtant, Yukio ne répondit pas tout de suite.

— Entendu, dit-il finalement après un instant de réflexion.

Sa voix avait un peu changé – elle avait pris une tonalité légèrement plus grave.

Avec un hochement de tête, la serveuse prit sur le plateau une baguette d'argent d'une dizaine de centimètres qu'elle introduisit dans la tasse.

— Qu'est-ce que c'est ? s'enquit Yukio.

— Je vous demanderais de l'utiliser en guise de cuiller, lui intima simplement Kazu.

Pourquoi pas une cuiller, justement ? s'interrogea le céramiste. Mais l'heure n'était plus aux explications.

— Entendu, répéta-t-il.

— Êtes-vous prêt ?

— Oui.

Il but une dernière gorgée d'eau et prit une profonde inspiration.

— Vous pouvez commencer, murmura-t-il.

Kazu inclina la tête et souleva lentement la cafetière en argent.

— Saluez Kinuyo de ma part, souffla-t-elle, avant d'ajouter : Revenez avant que le café ait refroidi…

Puis elle se mit à le verser dans la tasse, comme au ralenti. Le geste était d'une beauté rituelle sublime, digne d'une ballerine. Même l'atmosphère qui régnait dans la pièce changea aussitôt, comme chargée de tension.

Un mince filet noir s'écoula du bec extrêmement étroit de la cafetière. Point de glouglous comme ceux produits par les verseuses à large embouchure : le breuvage se déversa sans un bruit dans la tasse immaculée.

Devant les yeux de Yukio captivé par le contraste du café noir avec le blanc de la tasse, une volute de vapeur s'éleva lentement. Au même instant, le décor qui l'entourait se mit à onduler légèrement. Paniqué, il voulut se frotter les yeux mais n'y parvint pas. Les mains qu'il portait à son visage, bien qu'encore visibles, s'étaient muées en vapeur. Et il n'y avait pas que ses mains : son torse et ses jambes également.

Ce… c'est…

Tout d'abord choqué par ce phénomène incroyable, il s'aperçut bientôt que la suite lui importait peu, de toute façon, aussi ferma-t-il les paupières.

Autour de lui, le paysage se mit à défiler en accéléré de haut en bas.

Yukio se remémorait ses souvenirs de Kinuyo.

Trois fois, au cours de son enfance, il avait failli mourir. À chacune de ces occasions, sa mère se trouvait à ses côtés.

La première fois, il était âgé de deux ans. Atteint de pneumonie, il avait eu près de quarante de fièvre et souffert d'une toux chronique. De nos jours, la pneumonie est une maladie simple à soigner à l'aide d'antibiotiques, résultat des avancées de la médecine. Les causes de l'infection, qui survient plus souvent chez les jeunes enfants, sont bien connues – bactéries, virus et mycoplasmes –, de même que le traitement à appliquer.

Mais à l'époque, il n'était pas rare d'entendre le médecin déclarer : « Je regrette, nous avons tout essayé. La suite dépend de votre enfant. » Dans le cas de Yukio, comme on ne savait pas, alors, que son infection était due à une bactérie, le docteur était allé jusqu'à dire : « Je crains qu'il ne faille vous préparer au pire. »

La deuxième fois, âgé de sept ans, il s'était noyé dans une rivière et avait été miraculeusement ramené à la vie après que son cœur avait cessé de battre. Par chance, la personne qui l'avait secouru avait travaillé comme pompier et savait quoi faire en situation d'urgence. Kinuyo était avec lui, mais l'accident s'était produit alors que le garçon avait brièvement échappé à sa vigilance.

La troisième fois, âgé de dix ans, il avait été victime d'un accident de la circulation. Alors qu'il chevauchait son vélo tout neuf, une voiture avait grillé un feu rouge et l'avait percuté devant les yeux de sa mère. Après un vol plané de près de dix mètres, il avait dû être transporté d'urgence à l'hôpital, des fractures dans tout le corps. Il avait frôlé la mort mais, sa tête n'ayant pas reçu de choc, il avait miraculeusement repris conscience.

Aucun parent ne peut empêcher son enfant de contracter des maladies, de se blesser ou d'avoir des accidents. Par trois fois, sans relâche ni repos, Kinuyo avait joué les infirmières auprès de son fils. Elle ne quittait son chevet que pour aller aux toilettes ; le reste du temps, elle serrait sa petite main entre les siennes comme en signe de prière. Inquiets, son mari et ses parents avaient beau lui enjoindre de se reposer, elle faisait la sourde oreille. L'amour d'une mère pour son enfant ne connaît pas de bornes. Et quel que soit son âge, un enfant reste un enfant aux yeux de ses parents.

Ces sentiments n'avaient pas changé, même après que Yukio avait annoncé sa volonté de devenir céramiste et quitté le foyer familial.

Devenu le disciple d'un artisan réputé à Kyôto, Yukio s'était vu offrir le gîte et le couvert en échange de son travail. Le jour, il œuvrait dans l'atelier, et le soir, il assurait de petits boulots dans des supérettes et autres izakaya. Si un tel rythme ne lui posait aucun problème dans ses jeunes années, passé la trentaine, c'était devenu plus pénible sur le plan physique. L'atelier lui versait un maigre salaire à présent, mais, ne supportant plus de partager sa chambre, il avait dû se résoudre à louer un studio, ce qui pesait sur son budget.

Malgré tout, il avait commencé à mettre peu à peu de l'argent de côté afin d'ouvrir son propre atelier. Kinuyo, elle, joignait parfois à ses lettres des aliments déshydratés pour améliorer son quotidien.

Certaines semaines, Yukio ne disposait que de mille yens pour ses dépenses. Alors que les jeunes gens de son âge profitaient de leurs belles années, décrochant des emplois, trouvant l'amour et achetant des voitures, l'apprenti céramiste passait ses journées assis devant le four, couvert de suie, pétrissant la glaise avec obstination afin de gagner ses galons d'artisan.

Il avait quelquefois été tenté d'abandonner, doutant de son propre talent. À trente ans passés, il ne se voyait plus continuer les petits boulots. S'il voulait trouver un emploi, mieux valait tout laisser tomber au plus vite, car en ces temps incertains, aucune entreprise n'accepterait de l'embaucher dans la quarantaine. Combien de temps pourrait-il encore tenir ? Quand deviendrait-il enfin un artisan céramiste à part entière ? Sans pouvoir se projeter dans l'avenir, il ne connaissait que l'angoisse. Une vie précaire, sans mariage à l'horizon, sans rien d'autre que la terre à pétrir, jour après jour.

Malgré tout, il se raccrochait à un mince espoir. S'il parvenait à réaliser son rêve, il pourrait enfin connaître le bonheur, le partager même, et cette perspective suffisait à lui redonner du courage. Même quand tout le monde se riait de lui et le tournait en ridicule, Kinuyo, elle, continuait à croire à la réussite de son fils.

Toutefois…

Même dans ses pires cauchemars, jamais il n'aurait cru finir dépouillé de toutes ses économies et submergé de dettes.

C'est alors, au moment le plus difficile, celui où il avait le plus besoin de soutien, qu'il avait appris la mort de Kinuyo, ce qui l'avait plongé dans le plus profond des désespoirs.

Pourquoi fallait-il que cela arrive maintenant ?

Pourquoi fallait-il que le sort s'acharne sur lui seul ?

À quoi rimait sa venue au monde, à quoi rimait sa vie ?

Ses malheurs lui rappelaient un épisode de *L'Oiseau bleu*, de Maeterlinck.

Dans le royaume du futur, Tyltyl et Mytyl rencontrent un enfant souffrant dès la naissance de trois maladies. À peine né, il contracte la scarlatine, la coqueluche et la rougeole, avant de mourir prématurément. Yukio se souvenait avoir lu ce livre enfant et en avoir éprouvé de la tristesse.

Si c'était là le destin, et qu'on ne pouvait le changer, comme la vie était cruelle ! À quoi bon venir au monde si l'on ne pouvait rien faire pour lutter contre un sort aussi terrible ?

Lorsqu'il revint à lui, Yukio pleurait. Ce ne fut qu'en portant les doigts à ses joues pour les sécher qu'il le comprit. Sans qu'il s'en rende compte, ses mains changées en vapeur avaient retrouvé leur forme originelle, et le paysage avait cessé de défiler tout autour de lui.

Vrrr-vrrr, vrrr-vrrr-vrrr…

Yukio tourna les yeux vers le comptoir, attiré par le bruit du moulin à café. Ventilateur tournant lentement au plafond, lampes à abat-jour, grandes pendules : rien n'avait changé. Seule la personne debout derrière le comptoir n'était plus la même : l'individu qui moulait les grains, un homme aux yeux étroits, lui était parfaitement inconnu. Yukio balaya la pièce du regard. Hormis ce géant et lui-même, il n'y avait personne.

Suis-je vraiment de retour dans le passé ? se demanda-t-il aussitôt, mais il était bien en peine de trouver un moyen de s'en assurer.

Certes, la serveuse prénommée Kazu avait disparu pour laisser la place à ce colosse que Yukio n'avait encore jamais rencontré. Lui-même avait par ailleurs vu son propre corps se muer en vapeur, tandis que son environnement défilait à grande vitesse autour de lui. Difficile, pourtant, de croire qu'il était bien dans le passé.

Derrière le comptoir, le géant continuait de moudre les grains, sans prêter attention au nouvel arrivant. Sans doute cette apparition soudaine constituait-elle pour lui un fait des plus banals. Il ne semblait même pas vouloir lui adresser la parole.

Voilà qui convenait parfaitement à Yukio, qui n'était pas venu là pour se faire interroger. Il voulait simplement s'assurer qu'il était bien revenu à une époque où Kinuyo vivait encore, selon son propre souhait.

D'après Kyôko, leur mère avait été hospitalisée six mois plus tôt, au printemps. Il lui suffirait donc de demander en quel mois de quelle année on était.

— Excusez-moi..., lança-t-il en direction du géant.

Au même instant...

Ding-dong.

— Bonjour !

L'aménagement des lieux empêchait de voir tout de suite qui était entré dans le café. Mais Yukio reconnut immédiatement cette voix.

Maman...

Les yeux tournés vers la porte, il vit Kinuyo entrer d'un pas mal assuré, appuyée sur l'épaule de Yôsuke.

— Ah...

Baissant aussitôt la tête afin d'échapper au regard de sa mère, Yukio se mordit la lèvre.

J'ai dû revenir juste avant son hospitalisation...

Il n'avait pas revu Kinuyo depuis cinq ans ; à l'époque, elle était encore en bonne santé et n'avait pas besoin d'aide pour se déplacer. Mais la Kinuyo qui venait d'apparaître devant lui semblait terriblement émaciée. Les yeux creusés, elle avait la tête couverte de cheveux blancs. La main qui tenait Yôsuke était parcourue de veines saillantes, et elle n'avait plus que la peau sur les doigts. Son organisme tout entier était déjà rongé par la maladie.

Jamais je n'aurais cru la trouver dans un tel état...

Comment Yukio pourrait-il encore lever les yeux ?

Ce fut Yôsuke qui, le premier, remarqua sa présence.

— Grand-mère..., murmura-t-il à l'oreille de Kinuyo avant de l'aider à se tourner.

Petit-fils attentionné, Yôsuke était devenu les pieds et les mains de sa grand-mère affaiblie qu'il soutenait avec diligence.

— Tiens donc..., souffla-t-elle d'une petite voix.

Yukio releva aussitôt la tête.

— Tu as l'air en forme, dit-il d'une voix plus enjouée que lorsqu'il parlait à Kazu.

— Qu'y a-t-il ? Il s'est passé quelque chose ?

Kinuyo semblait surprise de voir Yukio dans ce café alors qu'il était censé se trouver à Kyôto, mais ses yeux n'en pétillaient pas moins de bonheur.

— Si on veut, répondit Yukio avec un sourire.

— Merci, murmura Kinuyo à son petit-fils, avant de rejoindre la table où était assis le céramiste.

— Nagaré, tu voudras bien me servir mon café ici, s'il te plaît ? lança-t-elle à mi-chemin.

— Entendu !

Mais le cafetier n'avait pas attendu la commande pour mettre du café dans un porte-filtre, et finissait déjà de verser de l'eau bouillante dessus. Kinuyo venait toujours à la même heure ; il avait donc moulu les grains à l'avance. D'un bond, Yôsuke s'assit au comptoir, face à lui.

— Et toi, Yôsuke, qu'est-ce que je te sers ?

— Un jus d'orange.

— Tout de suite.

Après avoir pris sa commande, Nagaré versa un dernier filet d'eau dans le filtre, en dessinant un 9.

Un parfum de café embauma la pièce. Kinuyo esquissa un sourire radieux – à l'évidence, elle appréciait particulièrement ce moment – et prit place face à son fils avec un petit « ouf ».

Il y avait des décennies qu'elle fréquentait ce café, alors bien sûr, elle en connaissait parfaitement les règles. Sans doute lui avait-il suffi de voir quel siège il occupait pour comprendre que Yukio venait du futur. Tout ce qu'il espérait à présent, c'était qu'elle ne lui demande pas la raison de sa visite.

Je suis venu voir ma mère défunte…

Comment aurait-il pu prononcer ces mots ? Pour l'heure, cependant, il convenait de lui parler.

— Tu as perdu du poids ? laissa-t-il échapper dans sa panique, avant de se mordre aussitôt la langue.

Même si elle n'était toujours pas allée à l'hôpital et qu'on ne lui avait pas encore diagnostiqué de cancer, il était normal qu'elle ait maigri. Or Yukio voulait à tout prix éviter que la conversation tourne autour de sa maladie. La paume de son poing serré était trempée de sueur.

— Tu trouves ? Ça me fait plaisir ! répondit Kinuyo en portant les mains à ses joues d'un air ravi.

N'a-t-elle même pas encore conscience de sa maladie ? songea Yukio en voyant sa réaction.

Il arrivait que les patients n'en soient informés qu'une fois hospitalisés. Si c'était le cas, cette réponse n'avait rien d'anormal.

Tant mieux…

Soulagé, Yukio choisit ses mots avec soin afin de paraître le plus naturel possible :

— Tu n'as pas l'air heureuse, pourtant.

— Ne dis pas cela, voyons, répliqua sa mère. D'ailleurs, n'as-tu pas maigri, toi aussi ?

— Tu crois ?

— Tu manges correctement ?

— Bien sûr ! J'ai même pris l'habitude de cuisiner moi-même, ces derniers temps.

Il n'avait pas mangé un seul repas correct depuis qu'il avait appris la mort de sa mère.

— Vraiment ?

— Ne t'inquiète pas, j'en ai fini avec les nouilles instantanées.

— Et la lessive ?

— Je la fais bien comme il faut.

Voilà presque un mois qu'il portait les mêmes vêtements.

— Quelle que soit sa fatigue, il faut toujours dormir sur un bon futon.

— Je le sais bien.

Son bail avait déjà été annulé.

— Si tu as des problèmes d'argent, il faut m'en parler, au lieu d'emprunter aux autres, d'accord ? Je n'ai pas des mille et des cents à te donner, mais je pourrai toujours me débrouiller.

— Ça va…

La faillite de son entreprise avait été prononcée la veille. Mais il n'allait pas inquiéter sa mère et sa sœur avec ses énormes dettes. Il voulait seulement voir le visage de Kinuyo une dernière fois.

S'il avait pu remonter le temps et changer la réalité, sans doute aurait-il fait tout son possible pour que sa mère soit hospitalisée dans le meilleur établissement.

La vie avait perdu tout sens pour Yukio. Mais il n'avait pas voulu faire de peine à Kinuyo. Mû par cette seule pensée, il avait tenu bon, quelles que soient les épreuves et les trahisons. Il avait continué de vivre et d'aller de l'avant, convaincu qu'un enfant ne pouvait mourir avant ses parents.

Mais lorsqu'il regagnerait le présent, Kinuyo ne serait déjà plus là…

L'air calme, Yukio reprit la parole :

— Je vais enfin ouvrir mon propre atelier de céramique.

— Vraiment ?

— C'est la vérité, je t'assure !

— Tant mieux…

Des larmes se mirent à couler sur le visage de Kinuyo.

— Il n'y a pas de quoi pleurer, dit Yukio en lui tendant une serviette en papier.

— C'est-à-dire que…

Elle ne termina pas sa phrase. Sans quitter sa mère des yeux, Yukio plongea la main dans la poche intérieure de sa veste pour en sortir un objet fin.

— Je te rends donc ceci…

Il s'agissait du livret bancaire et du sceau que Kinuyo lui avait confiés au moment de son départ pour Kyôto.

— Je pensais m'en servir en cas de difficulté, mais puisque je n'en ai pas eu besoin…

Si extrême que fût sa situation, il n'avait pu se résoudre à dépenser cet argent. Il symbolisait l'amour de sa mère, qui lui en avait fait don parce qu'elle croyait sans faille à sa réussite, aussi avait-il résolu de le lui rendre une fois son but atteint.

— Mais c'est…

— C'est bon. C'est grâce à cela si j'ai pu persévérer, même dans l'adversité. C'est ce qui m'a permis de donner le meilleur de moi-même. J'ai travaillé dur pour pouvoir te le rendre…

Ce n'était pas un mensonge.

— Reprends-le, s'il te plaît.

— Yukio…

— Je te remercie.

Il inclina très bas la tête. Kinuyo accepta le livret et le sceau, qu'elle serra sur son cœur, comme dans une attitude de prière.

Ainsi, je n'ai plus de regrets. Il ne me reste plus qu'à attendre que le café refroidisse.

Yukio n'avait jamais eu l'intention de regagner le présent.

Depuis qu'il avait appris le décès de sa mère, il n'avait eu que ce moment en tête. Mais il ne pouvait pas mourir sans penser à ce qui se passerait après. Car s'il laissait des dettes derrière lui, sa famille en pâtirait.

Voilà un mois qu'il se préparait, paniqué, à sa propre faillite. Il n'avait pas eu les moyens de se payer le voyage pour assister aux funérailles, mais depuis, en enchaînant les petits boulots à la journée, il avait pu réunir la somme nécessaire pour payer ses frais d'avocat et le transport pour venir ici. Tout cela pour cet instant précis.

Maintenant que la tension avait baissé, Yukio sentait ses forces le quitter. Sans doute était-ce parce qu'il n'avait pas dormi correctement depuis un mois – il avait atteint les limites de l'épuisement. À présent que tout touchait à sa fin, cependant, une vague de satisfaction le parcourut, accompagnée d'un sentiment de libération.

Quel soulagement…

Soudain…

Bip bip bip, bip bip bip…

La sonnerie d'une petite alarme retentit depuis la tasse de Yukio. Il n'avait pas la moindre idée de ce que signifiait ce signal, mais le bruit lui rappela les propos que lui avait tenus Kazu.

— Au fait, la serveuse te passe le bonjour, dit-il en sortant le mélangeur de sa tasse.

— Kazu ?

— Oui, c'est ça.

— Je vois…

Les traits de Kinuyo se voilèrent un instant. Les yeux clos, elle prit une profonde inspiration puis se tourna avec une expression radieuse vers son fils.

— Kinuyo…, lança Nagaré, le visage pâle.

— Je sais, répondit-elle simplement en lui adressant un grand sourire.

— … ?

Resté perplexe devant cet échange sibyllin, Yukio but une gorgée de son café.

— Ah, délicieux, souffla-t-il.

C'était un mensonge, bien sûr : il n'aimait pas les saveurs trop acides.

Kinuyo posa sur lui un regard tendre.

— Elle est gentille, n'est-ce pas ?

— Hein ? Qui ça ?

— La petite Kazu.

— Hmm ? Oui, sans doute.

Encore un mensonge : il n'avait pas eu le loisir d'apprécier la personnalité de la serveuse.

— Elle a le chic pour comprendre les sentiments des gens, et elle se soucie toujours de la personne qui occupe cette place.

Yukio n'avait pas la moindre idée de ce que sa mère essayait de lui dire, mais peu importait le sujet de leur conversation, à présent. Il n'attendait plus qu'une chose : que le café refroidisse.

— Tu as dû voir une femme vêtue d'une robe blanche assise à cette table, non ?

— Hmm ? Ah, oui…

— Elle est allée revoir son mari défunt et n'est jamais revenue…

— Je vois.

— Personne ne sait ce qu'ils se sont dit lors de son retour dans le passé. Mais personne n'aurait pu croire qu'elle ne reviendrait pas.

Yukio remarqua alors la silhouette de Nagaré qui piquait du nez derrière le comptoir.

— … ?

— C'est la petite Kazu, alors âgée de sept ans, qui lui avait servi le café…

— Je vois…, marmonna Yukio d'un ton indifférent.

Mais où sa mère voulait-elle en venir ? Kinuyo le regarda d'un air triste.

— C'est sa fille, précisa-t-elle en haussant un peu la voix.

— Quoi ?

— Cette femme qui n'est pas revenue dans le présent, c'est la mère de Kazu.

À ces mots, enfin, Yukio changea d'expression.

Comment ne pas être peiné en imaginant les conséquences qu'un tel événement avait dû avoir pour une fillette de sept ans, qui avait encore besoin de l'amour de sa mère ? Malgré toute sa compassion, cependant, le céramiste n'avait aucune envie de retourner dans le futur.

Quel rapport cette histoire a-t-elle avec ce mélangeur ? se demanda froidement Yukio.

Kinuyo attrapa l'ustensile posé sur la soucoupe.

— Voilà pourquoi Kazu met toujours cet appareil dans la tasse des personnes venues revoir les défunts, expliqua-t-elle. Il sonne avant que le café n'ait complètement refroidi…

— Ah…

Yukio blêmit.

Mais alors…

— C'est un message qu'elle m'adresse, ajouta Kinuyo.

Elle aurait fait cela pour prévenir maman de sa mort prochaine ?

— Mais pourquoi ? Pourquoi une parfaite étrangère ferait-elle une chose pareille ? Et toi, comment le prends-tu ?

Yukio ne parvenait pas à comprendre les motivations de la serveuse.

De quoi se mêle-t-elle !

La colère se lisait clairement sur son visage.

— Par ce geste…

Kinuyo esquissa un sourire heureux, tel que son fils ne lui en avait encore jamais vu. À en juger par son expression, le message funeste que lui avait adressé Kazu ne lui inspirait pas la moindre crainte.

— Elle m'a confié une dernière tâche, que je suis la seule à pouvoir accomplir.

Ah…

« Je n'ai rien pu faire », se rappelait toujours Kinuyo, en larmes, lorsqu'elle se remémorait les occasions où son fils avait frôlé la mort. Sans doute n'avait-elle jamais oublié ce sentiment d'impuissance qui avait été le sien devant la maladie ou les accidents.

— Retourne dans le futur…, dit-elle avec un sourire doux.

— Je ne veux pas.

— Ta mère croit en toi.

— Non !

Yukio secoua violemment la tête.

Kinuyo porta à son front le livret et le sceau que son fils lui avait rendus.

— J'accepte de les reprendre. Car ils sont empreints de tes sentiments filiaux. Je les emporterai dans la tombe, sans jamais m'en servir.

Puis elle inclina la tête.

Ding-dong…

— Maman…

Kinuyo releva le nez et regarda son fils avec un sourire plein de gentillesse.

— Il n'est pas de plus grande souffrance pour un parent que de ne pouvoir sauver son enfant qui souhaite mourir.

Les lèvres de Yukio se mirent à trembler.

— Excuse-moi…, bredouilla-t-il.

— Ce n'est rien.

— Je suis désolé.

— Allons…

Kinuyo poussa légèrement sa tasse vers Yukio.

— Tu voudras bien remercier Kazu de ma part ?

— …

Entendu, pensait avoir répondu Yukio – mais aucun son n'était sorti de sa bouche. Il déglutit et souleva sa tasse d'une main tremblante. Lorsqu'il releva les yeux, Kinuyo pleurait aussi, un grand sourire sur les lèvres.

Mon enfant chéri…

Sa voix était trop basse pour qu'il l'entende, et pourtant elle avait bien murmuré ces mots. Comme si elle s'adressait à un nouveau-né.

Pour un parent, son enfant reste toujours son enfant. Elle n'était qu'une mère qui avait toujours souhaité le bonheur de son fils et l'avait abreuvé de son amour, sans jamais rien demander en retour.

Si je meurs, tout sera fini, songeait Yukio. Cela n'avait aucun rapport avec la défunte Kinuyo, s'était-il dit. Mais il s'était trompé : même par-delà la mort, elle demeurait sa mère. Et ses sentiments resteraient inchangés.

J'ai bien failli causer de la peine à ma mère défunte…

Il but son café d'un trait. L'acidité du moka lui emplit la bouche. Alors, de nouveau, un vertige s'empara de lui, et son corps se mua en vapeur.

— Maman !

Kinuyo l'avait-elle entendu ? Impossible de le savoir. Mais la voix de sa mère, elle, atteignit ses oreilles, claire et nette :

— Merci d'être venu me voir…

Autour de Yukio, le décor se mit à défiler de haut en bas tandis que le passé laissait la place au futur.

Si l'alarme n'avait pas retenti alors…

Si je m'étais contenté d'attendre que le café refroidisse, j'aurais fait le malheur de ma mère dans ses derniers instants…

Apprenti céramiste, longtemps resté dans l'ombre, obnubilé par la réussite, roulé dans la farine, j'étais tellement occupé à me demander pourquoi le sort s'acharnait sur moi seul, alors que je m'apprêtais à faire subir un malheur pire encore à ma mère…

Je dois vivre… quoi qu'il arrive…

Pour ma mère, qui n'a cessé de souhaiter mon bonheur, jusque dans ses derniers instants…

Et il perdit progressivement conscience le temps du voyage.

Lorsqu'il retrouva ses esprits, il n'y avait personne dans la salle hormis Kazu. Yukio était de retour dans le présent. Quelques instants plus tard, la femme à la robe blanche revint des toilettes. S'approchant de Yukio sans un bruit, elle posa sur lui un regard inexpressif.

— Pousse-toi, maugréa-t-elle.

— …

Yukio lui rendit sa place en reniflant. La femme s'assit en silence, écarta la tasse qu'il avait utilisée et reprit sa lecture comme si de rien n'était.

L'intérieur du café semble briller de mille feux.

La sensation, étrange, laissait Yukio perplexe. La lumière des lampes n'avait pas gagné en intensité, pourtant, tout semblait plus clair à ses yeux. D'une vie de renoncement, il était passé à une vie d'espoir, son état d'esprit était bouleversé.

Le monde ne change pas. C'est moi qui ai changé…

Les yeux rivés sur la femme en blanc, il réfléchit à l'expérience qu'il venait de vivre. Kazu, elle, débarrassa sa tasse et servit un autre café à la femme en blanc.

— Ma mère… (Yukio s'adressait à la serveuse qui lui tournait le dos)… vous était très reconnaissante.

— Vraiment… ?

— Moi aussi je le suis…, ajouta-t-il en s'inclinant.

Kazu repartit dans la cuisine avec la tasse qu'il avait utilisée. Lorsqu'elle eut disparu, Yukio sortit un mouchoir de sa poche pour sécher son visage baigné de larmes et se moucher.

— Combien vous dois-je ? lança-t-il en direction de la cuisine.

La serveuse revint aussitôt pour rejoindre la caisse et regarder l'addition.

— Un café, avec le supplément nuit : 420 yens, s'il vous plaît, répondit-elle avant d'actionner le tiroir-caisse, sans changer d'expression.

La femme en blanc, elle, continuait de lire son roman, imperturbable.

— Tenez…

Yukio lui tendit un billet de 1 000 yens.

— Pourquoi ne pas m'avoir expliqué la signification de cette alarme ? demanda-t-il.

— Simple oubli de ma part, je vous prie de m'excuser, répondit Kazu en encaissant la somme.

Puis elle le salua, impassible. Yukio lui adressa un sourire heureux.

Rin-rin… Quelque part, le chant des grillons retentit.

— Ma mère…, murmura Yukio, comme encouragé par leurs stridulations, tandis que Kazu lui rendait sa monnaie. Elle vous souhaite beaucoup de bonheur, à vous aussi.

Puis il quitta le café.

Kinuyo n'avait pas prononcé ces mots. Mais Yukio n'avait aucun mal à imaginer sa mère tenir de tels propos.

Ding-dong.

Yukio parti, Kazu se trouva de nouveau seule avec la femme en blanc. Le tintement de la clochette résonnait doucement dans la salle. Armée d'un plumeau, la serveuse entreprit d'épousseter le comptoir.

Égayant les nuits d'automne sans jamais cesser
Ah quel plaisant concert que celui des insectes…

Kazu fredonnait discrètement. *Rin-rin*, stridulaient les grillons comme pour lui répondre.

La calme nuit automnale s'étirait lentement…

3

Les amants

À la fameuse place était assis un homme qui prétendait venir du passé.

Dans ce café, on pouvait non seulement remonter le temps, mais aussi visiter le futur. Cependant, si les candidats au retour dans le passé ne manquaient pas, ils étaient bien moins nombreux à vouloir se projeter dans l'avenir. Et cela, pour une raison simple : dans le passé, on pouvait se rendre à un moment où la personne que l'on souhaitait voir se trouvait dans l'établissement, mais dans le futur, c'était impossible. Car on ne pouvait savoir avec certitude si la personne en question se trouverait bien sur place.

Même en admettant que vous vous soyez donné rendez-vous, toutes sortes d'obstacles pouvaient se dresser sur le chemin : un train en retard, des travaux imprévus, des fermetures de route, le passage d'un typhon, une maladie… Dans un futur aussi incertain, les chances de rencontrer la personne choisie étaient bien minces.

Pourtant, il y avait là un homme venu du passé – un dénommé Katsuki Kurata, vêtu d'un tee-shirt, d'un pantacourt et de sandales de plage.

Un immense sapin de Noël se dressait dans la salle, haut jusqu'au plafond. Le café étant juste assez grand pour accueillir neuf clients, il avait fallu retirer une des trois tables pour le placer au centre, où il trônait fièrement. C'est Kei, la femme de Nagaré, qui avait acheté cet arbre artificiel, pour que sa chère petite Miki puisse le décorer chaque année.

Nous étions le 25 décembre, autrement dit le jour de Noël.

— Vous n'avez pas froid, habillé comme ça ? lança Kyôko Kijima à Kurata.

Elle-même était assise au comptoir, à côté de Miki. Bien qu'un peu inquiète, elle avait du mal à contenir un éclat de rire devant cette tenue si peu appropriée à la saison.

— Voulez-vous qu'on vous prête quelque chose ? proposa Nagaré en passant la tête à l'entrée de la cuisine.

Kurata déclina l'offre d'un petit geste de la main.

— Il ne fait pas si froid, ça va aller. Puis-je vous demander un verre d'eau fraîche, s'il vous plaît ? demanda-t-il à Kazu Tokita, qui se tenait derrière le comptoir.

— Tout de suite.

Elle fit volte-face pour attraper un verre sur une étagère, le remplit et lui apporta d'un pas vif.

— Je vous remercie, dit Kurata avant de le vider d'un trait.

— Fini ! s'écria Miki depuis le comptoir, stylo en main.

Elle était en train d'écrire quelque chose sur un *tanzaku*, une bande de papier pliée dans le sens de la longueur.

— Quel est ton vœu, cette fois ? demanda Kyôko à la fillette qui brandissait son chef-d'œuvre.

— Que les pieds de papa sentent bon !

Kyôko laissa échapper un petit rire. Avec un gloussement, l'écolière sauta de son siège et courut vers l'imposant sapin.

Cette habitude qu'avait prise la fillette d'inscrire des souhaits sur des *tanzaku* avant de les accrocher sur l'arbre rappelait plutôt le rituel estival de Tanabata, la fête des étoiles, qu'une tradition de Noël. De nombreuses bandelettes décoraient déjà le sapin, avec des inscriptions variées. La majorité concernaient Nagaré ; outre ses exigences en matière d'hygiène des pieds, Miki exprimait le souhait que son père « devienne plus petit » et qu'il « perde son sale caractère » – autant de vœux qui n'avaient pas manqué de faire s'esclaffer Kyôko.

Même dans cet établissement, écrire des vœux sur des bandelettes pour les accrocher à un arbre de Noël n'avait rien de banal. C'est Kyôko qui, voyant Miki s'exercer à tracer les caractères qu'elle venait d'apprendre, lui avait suggéré cette activité.

Une fois n'est pas coutume, Kazu, qui n'était pourtant pas du genre à rire facilement, ne pouvait retenir son hilarité devant ce manège. Même Kurata, cet homme venu du passé et qui occupait le siège désigné, contemplait la scène avec un sourire.

— N'écris pas n'importe quoi, voyons ! lança une voix exaspérée.

Nagaré sortit de la cuisine, une boîte carrée d'une vingtaine de centimètres de côté à la main. À l'intérieur se trouvait un gâteau de Noël fait maison que lui avait commandé Kyôko.

Miki lui adressa un grand sourire avant de taper deux fois dans ses mains devant l'arbre décoré, dans une attitude de prière. C'était à ne plus savoir si l'on fêtait Noël, Tanabata, ou si l'on visitait un sanctuaire shintô.

— Voyons voir, maintenant…, marmonna la fillette avant de se remettre à écrire.

— Celle-là, franchement…

Avec un soupir, Nagaré mit la boîte du gâteau dans un sac et glissa un café à emporter dans une pochette en papier.

— Et ça, c'est pour Kinuyo…, dit-il.

— Ah…, laissa échapper Kyôko.

Sa mère, décédée à la fin de l'été, aimait tellement le café de Nagaré que sa fille lui en apportait tous les jours à l'hôpital.

— Merci, murmura-t-elle, les larmes aux yeux, touchée par la délicate attention du cafetier, qui avait préparé la boisson préférée de Kinuyo sans même qu'elle le lui demande.

Faire le deuil d'un défunt, c'est perpétuer son souvenir. Peut-être cet immense sapin de Noël laissé par Kei portait-il en lui, outre le souhait de la jeune femme disparue de ne pas être oubliée, celui de continuer de veiller sur les autres. C'était un usage qui faisait abstraction des croyances religieuses, mais tant que Miki y trouvait du plaisir, sans doute Kei ne pouvait-elle qu'en être satisfaite.

— Combien je te dois ? demanda Kyôko en séchant ses larmes.

Gêné, Nagaré plissa les yeux.

— Ça fera… 2 360 yens, s'il te plaît, marmonna-t-il.

Kyôko sortit de l'argent de son portefeuille.

— Tiens…

Elle lui tendait un billet de 5 000 et 360 en pièces. Nagaré ouvrit le tiroir-caisse avec fracas pour encaisser la somme.

— Au fait…, dit-il. Il va revenir ? Yukio, c'est bien ça ?

Il faisait allusion au frère cadet de Kyôko, apprenti céramiste habitant à Kyôto.

— Je crois, oui. Il a traversé une période difficile, mais il a fini par trouver du travail.

Décrocher un emploi n'avait pas été tâche facile pour Yukio, qui avait passé sa jeunesse à étudier la céramique, sans obtenir aucune qualification. À présent proche de la quarantaine, il s'était néanmoins présenté dans une agence d'aide à l'emploi, sans choisir de profession précise, et, après avoir postulé dans douze entreprises différentes, il avait réussi à se faire embaucher dans une petite société produisant de la vaisselle à l'occidentale. S'il revenait à Tôkyô, c'est parce que son employeur lui fournissait un logement de fonction. Yukio avançait dans sa nouvelle vie.

— Félicitations à lui, dit Nagaré en rendant la monnaie à sa cliente.

Derrière lui, Kazu, qui écoutait la conversation, inclina poliment la tête.

L'expression de Kyôko se voila pourtant. La monnaie toujours dans la main, elle se tourna vers la femme en blanc et soupira.

— Jamais je n'aurais cru qu'il pouvait songer au suicide…, murmura-t-elle. Merci, vraiment, ajouta-t-elle en s'inclinant.

— De rien, répondit Kazu sans se départir de son impassibilité habituelle.

Avait-elle saisi le message ? Kyôko acquiesça néanmoins d'un air satisfait.

— Fini ! s'écria de nouveau Miki.

— Quel est ton vœu, cette fois ? s'enquit Kyôko.

— Que papa soit heureux, répondit la fillette avec un grand sourire.

Difficile de savoir dans quelle mesure Miki comprenait la signification d'un tel souhait. Peut-être voulait-elle simplement employer le mot « heureux », qu'elle venait d'apprendre.

— Idiote ! laissa échapper Nagaré, qui n'en avait pas perdu une miette, avant de disparaître précipitamment dans la cuisine.

Échangeant un regard, Kyôko et Kazu s'esclaffèrent de bon cœur.

— Heureux ? Je crois que ton père l'est déjà, dit la première en quittant le café.

Miki esquissa un sourire, même si elle n'avait sans doute pas saisi le sens de ces paroles.

Ding-dong.

Miki accrocha joyeusement ses *tanzaku* au sapin tout en fredonnant des chants de Noël.

Dans la cuisine, Nagaré renifla bruyamment.

— Alors, tu l'as écrit ? demanda Miki en s'approchant de Kurata, assis sur le siège spécial.

Elle jeta un coup d'œil sur la table. Dans ses mains, le jeune homme tenait une bande de papier et un stylo identiques à ceux de la fillette. C'est elle qui les lui avait donnés, afin qu'il inscrive lui aussi ses vœux.

— Ah, désolé, pas encore…

— Tu n'as qu'à écrire ce qui te passe par la tête ! conseilla Miki à un Kurata paniqué.

Après avoir fixé un moment le ventilateur qui tournait au plafond, comme perdu dans ses pensées, il fit enfin courir son stylo sur le papier.

— Voulez-vous que je réessaie de contacter Fumiko ? lança Nagaré en passant la tête par la porte de la cuisine, le bout du nez tout rouge.

Fumiko était une cliente du café qui avait fait un voyage dans le passé, sept ans auparavant. Elle fréquentait toujours l'établissement.

— Elle est du genre à tenir ses promesses, pourtant.

Les bras croisés, Nagaré poussa un gros soupir. Il avait tenté de la joindre sur son portable quelques minutes plus tôt, mais l'appel avait sonné dans le vide.

— Je vous remercie de votre sollicitude, déclara Kurata en inclinant la tête.

— Tu attends Fumiko ?

Miki, qui s'était installée en face de Kurata, dévisagea le jeune homme.

— Ah, non, ce n'est pas Kiyokawa que…

— Kiyokawa ? C'est qui, ça ?

— C'est son nom de famille… Ah, tu sais ce que ça veut dire ?

— Bien sûr que je sais. C'est le nom qui vient après le prénom.

— Oui, exactement ! Tu en sais, des choses ! Incroyable ! s'enthousiasma Kurata, tel un présentateur de quiz télévisé.

Ravie, Miki esquissa fièrement le signe de la victoire.

— Mais le nom de famille de Fumiko, c'est Takaga, non ? Fumiko Takaga ! dit-elle en cherchant confirmation auprès de Kazu.

La serveuse se contenta d'un sourire aimable.

— C'est Katada ! Ka-ta-da ! éructa Nagaré derrière elle. Si tu continues de l'appeler Takaga, elle va se fâcher, c'est compris ?

Miki inclina la tête, perplexe, comme si elle ne voyait pas de quoi parlait son père. Sans doute avait-elle du mal à faire la différence entre « Takaga » et « Katada ».

— Ah !

Reconnaissant ce nom, Kurata se pencha en avant et, tout excité, fit mine de quitter son siège.

— Elle s'est bien mariée, alors ?

— Oui…

— Ah, je vois. Tant mieux !

De ce qu'en savait Kurata, le mariage de Fumiko avait dû être reporté à la suite de la mutation de son fiancé en Allemagne. À voir la joie du jeune homme lorsqu'il apprit que la noce avait bien eu lieu, on aurait pu croire que c'était lui qui s'était marié.

C'est la rupture de Fumiko avec Gorô Katada, avec qui elle sortait à l'époque, qui avait poussé la jeune femme à retourner dans le passé. Réalisant un rêve de longue date, Gorô avait décroché un emploi dans un studio américain de jeux vidéo, TIP-G, et était parti aux États-Unis. Fumiko avait remonté le temps en sachant qu'elle ne pourrait pas changer le présent, mais le Gorô du passé lui avait alors demandé de l'attendre trois ans.

Ce qu'il voulait dire par là, c'était qu'ils se marieraient trois ans plus tard. Le délai écoulé, pourtant, Gorô avait quitté les États-Unis pour rejoindre directement son nouveau poste en Allemagne. Leur mariage avait été reporté et, après quelques rebondissements, Fumiko avait enfin pris le nom de Katada un an auparavant.

Malgré la réaction positive de son client, Nagaré prit un air contrarié. Le café ne resterait pas éternellement chaud.

— Au fait, n'avez-vous pas dit tout à l'heure que ce n'était pas Fumiko que vous attendiez ? demanda-t-il.

Il venait de se rappeler un détail perdu dans la conversation, lorsque celle-ci s'était détournée sur la prononciation du nom d'épouse de la jeune femme.

— En effet.

— Qui attendez-vous, alors ?

— Une de ses collègues, une jeune femme nommée Asami Mori, répondit Kurata. J'ai demandé à Kiyokawa de l'amener ici.

Il tourna son regard vers l'entrée, même s'il n'y avait personne.

Cette Asami Mori à qui Kurata rendait visite depuis le passé était une jeune collègue de Fumiko qui avait intégré l'entreprise en même temps que lui. Le jeune homme avait rejoint le département des ventes, et Asami avait travaillé avec Fumiko au développement.

Nagaré n'avait pas la moindre idée de la raison qui poussait le jeune homme à rendre visite à Asami, mais il n'avait pas l'intention de l'interroger davantage.

— Je vois… Espérons qu'elle arrive bientôt, marmonna-t-il.

— Même si elle ne vient pas, ce n'est pas grave, répondit Kurata avec un petit sourire.

— Que voulez-vous dire ?

— Je l'ai demandée en mariage, mais comme je ne pourrai sans doute pas tenir ma promesse…

Il baissa la tête d'un air gêné.

Est-il venu la voir parce qu'il s'inquiétait pour elle après leur rupture ? devina Nagaré devant l'air sombre du jeune homme.

— Je vois, dit-il simplement.

— Mais cela valait le coup de venir dans le futur, ne serait-ce que pour apprendre que Kiyokawa a bien pu se marier. Quelle heureuse nouvelle !

Kurata esquissa un sourire radieux. Il ne mentait pas : son bonheur était évident. Assise en face de lui, Miki écoutait leur échange, le menton dans les mains.

— Pourquoi Fumiko a changé de nom ? demanda-t-elle à Nagaré.

— C'est ce qui se passe quand on se marie, répondit-il d'un ton irrité.

Sans doute en avait-il assez d'entendre sa fille lui poser tous les jours les mêmes questions.

— Moi aussi ? Moi aussi si je me marie je vais changer de nom ?

— Si tu te maries, oui.

— Et si je veux pas ?

— Inutile de t'inquiéter pour ça maintenant…

Nagaré soupira.

— Toi aussi, maître ?

Le regard de Miki se posa sur Kazu. Ces derniers temps, elle avait pris l'habitude d'appeler la serveuse « maître ». Personne n'aurait su dire pourquoi exactement. Quelques jours plus tôt, c'était « ma sœur ». Avant cela, c'était « grande sœur Kazu », et encore avant, « Kazu » tout court. Autant dire que la serveuse avait progressivement gravi les échelons dans l'esprit de la petite.

— Toi aussi, maître, tu vas changer de nom si tu te maries ?

— Si je me marie, oui.

Malgré son nouveau titre, Kazu n'avait pas changé d'attitude. Elle s'exprimait avec son calme habituel tout en faisant son travail.

— Je vois…

Miki hocha la tête avec emphase. Qu'avait-elle saisi exactement, personne ne le savait, mais la fillette regagna son siège au comptoir pour reprendre la rédaction de ses vœux.

Drrring, drrrring…

Le téléphone sonna dans l'arrière-salle. Kazu s'apprêtait à aller répondre lorsqu'elle fut retenue par Nagaré, qui s'en chargea.

Drrr…

Le regard baissé sur la table, Kurata contemplait fixement les caractères qu'il avait inscrits sur son *tanzaku*.

Asami Mori avait deux ans de moins que Kurata, mais comme ils avaient été embauchés en même temps, il n'avait jamais été question de hiérarchie entre eux. Sérieuse et toujours souriante, Asami était populaire même au sein de l'entreprise.

Bien qu'admirée également pour sa beauté, Fumiko, qui travaillait dans le même département, avait la réputation d'être un bourreau de travail, si bien que la présence d'Asami allégeait un peu l'atmosphère lorsque la date de remise des projets approchait.

Kurata et Asami sortaient souvent boire des verres avec leurs collègues. Il était courant, lors de ces soirées bien arrosées, de se plaindre du travail, mais jamais Kurata ne disait du mal de la boîte ni de ses supérieurs. Au contraire, c'était un jeune homme volontaire, qui n'hésitait pas à monter au front lorsque la situation devenait difficile.

Asami voyait en Kurata « un être super positif », mais, comme elle était déjà en couple au moment de leur embauche, elle n'avait jamais vu en lui un petit copain potentiel.

Ce fut lorsque Asami avait confié à Kurata avoir fait une fausse couche, perdant ainsi l'enfant conçu avec son futur ex-petit ami, que les deux jeunes gens s'étaient rapprochés. Ce n'était qu'après la séparation qu'elle avait découvert sa grossesse, et ce n'était pas le choc de la rupture qui avait provoqué la fausse couche. D'ailleurs, ce n'était pas la première fois que ça lui arrivait.

Quelles qu'aient pu être les circonstances, cependant, Asami avait résolu d'élever cet enfant, même seule. Elle avait donc été effondrée lorsque les analyses avaient révélé que la fausse couche était due à sa propre constitution physique. Elle était convaincue d'avoir tué ce bébé.

Désemparée, elle s'en était ouverte à ses amies proches, à ses parents et à sa sœur. Mais tous avaient beau compatir à sa peine, personne n'avait su trouver les mots pour la consoler.

C'est alors que Kurata l'avait abordée.

— Qu'est-ce qui te tracasse ? lui avait-il demandé.

Kurata était un homme ; il y avait donc fort à parier qu'il ne pourrait comprendre un problème aussi délicat qu'une fausse couche, avait-elle songé. Elle avait néanmoins besoin de se confier, peu importe l'identité de son interlocuteur.

Lorsqu'elle leur en avait parlé, ses amies avaient pleuré avec elle ; ses parents, quant à eux, lui avaient assuré qu'elle n'y était pour rien. Persuadée que Kurata lui offrirait la même compassion et les mêmes paroles de réconfort, Asami s'était livrée franchement, décrivant ses propres sentiments avec honnêteté.

Lorsqu'elle eut fini de lui raconter son histoire, la première réaction de Kurata avait été de lui demander combien de jours elle avait porté l'enfant. Soixante-dix, soit presque dix semaines, lui avait-elle répondu.

— Pourquoi, selon toi, cet enfant que tu portais s'est-il vu offrir ces soixante-dix jours d'existence ? l'avait alors interrogée le jeune homme.

Asami avait senti ses lèvres frémir sous le coup de la colère.

— Autrement dit, dans quel but a-t-il reçu la vie ? C'est ça que tu me demandes ? s'était-elle emportée, les yeux rouges, secouée par les sanglots. C'est ma faute, c'est ça ?!

Elle-même se tenait pour responsable de n'avoir pu mettre son enfant au monde. Mais à entendre ainsi une tierce personne lui tenir ce discours, elle n'avait pu que se retourner contre Kurata, au comble de la tristesse et de l'impuissance.

Kurata avait dû saisir le sens de ses paroles, car il lui avait adressé un sourire très doux.

— Non, ce n'est pas ce que je voulais dire, lui avait-il répondu.

— Quoi, alors ? Mon bébé n'a rien pu faire ! Il n'a même pas pu naître ! À cause de moi ! C'est tout juste si j'ai pu lui offrir soixante-dix jours d'existence ! À peine dix semaines…

Soudain, elle s'était effondrée, les épaules rentrées.

— Pardonne-moi, je suis désolée, avait-elle répété à l'intention de son enfant disparu.

Une expression sereine sur le visage, Kurata avait patiemment attendu que la jeune femme ait fini de pleurer pour reprendre la parole :

— Si tu veux mon avis, cet enfant s'est efforcé de profiter de ces soixante-dix jours d'existence pour essayer de te rendre heureuse.

C'étaient là des mots gentils, prononcés avec conviction, sans la moindre hésitation.

— Alors, si tu continues à te morfondre comme ça, tous ses efforts n'auront servi qu'à ton malheur.

Ces paroles n'avaient pas pour but de la réconforter, mais de lui indiquer comment accepter ce malheureux événement qu'elle venait de traverser.

— Mais si tu retrouves à présent le bonheur, cet enfant aura mis ces soixante-dix jours à profit pour te rendre heureuse. Sa vie prendra alors tout son sens. C'est toi, et toi seule, qui pourras donner un sens à la vie de cet enfant. Voilà pourquoi tu dois absolument trouver le bonheur. Personne ne le souhaite plus fort que lui…

— Ah…, avait-elle laissé échapper.

Aussitôt, la culpabilité qui pesait sur elle s'était évanouie, et tout ce qu'elle voyait s'était mis à briller devant ses yeux.

En trouvant le bonheur, je pourrai donner un sens à la vie de cet enfant.

La conclusion était évidente.

Asami n'avait pu retenir ses pleurs. Le visage tourné vers le ciel, elle s'était laissée aller à de vifs sanglots. Ce n'étaient pas des larmes de chagrin, mais des larmes de joie, versées par celle qui avait soudain trouvé le plus grand bonheur dans les profondeurs du désespoir.

C'est en cet instant qu'elle avait commencé à voir Kurata autrement que comme « une personne super positive ».

— Monsieur Kurata… ?

Nagaré était apparu à côté de lui, un téléphone à la main.

— Oui ?

— C'est Fumiko.

— Merci…

Kurata s'empara du combiné.

— Kurata à l'appareil.

Il avait beau avoir prétendu que cela lui était égal si elle ne pouvait pas venir, ses traits se durcirent un peu, comme si cet appel le rendait nerveux.

— Ah, oui… Je vois… Entendu… Ah, non, pas du tout… Merci beaucoup.

On ne pouvait pas connaître la teneur exacte de la conversation, mais Kurata ne semblait pas découragé. Il bombait le torse et regardait droit devant, comme si Fumiko se tenait face à lui. Nagaré, lui, l'observait d'un air inquiet.

— Non, vous en avez déjà tellement fait pour moi… Ça va aller… Merci beaucoup…

Kurata inclina la tête.

— Oui… oui… En effet, le café ne va pas tarder à être froid… oui…

Nagaré jeta un coup d'œil à l'horloge centrale.

Dans la salle se dressaient trois grandes pendules antiques. Seule celle du milieu indiquait l'heure exacte, les deux autres étaient respectivement en avance et en retard. Pour cette raison, lorsqu'ils avaient besoin de vérifier l'heure, Nagaré, Kazu et les clients de l'établissement regardaient celle du milieu.

D'après l'échange auquel il venait d'assister, Nagaré déduisit que cette Asami que Kurata attendait ne viendrait pas le retrouver dans le café.

— Oui, oui…

Posant la main sur sa tasse, Kurata vérifia la température de sa boisson.

Il ne me reste plus beaucoup de temps…

Il prit une profonde inspiration et ferma les paupières. Kazu posa les yeux sur lui mais se garda de faire quoi que ce soit.

— Au fait, vous vous êtes mariée, n'est-ce pas ? Félicitations ! C'est lui qui vient de me le dire, oui… Non, rien que pour ça, le voyage valait le coup…

Il n'y avait pas la moindre trace de mensonge dans ses propos. Son sourire radieux était tourné vers son interlocutrice invisible.

— … Au revoir.

Kurata prit son temps pour raccrocher. Nagaré s'approcha sans un bruit de sa table et récupéra le combiné.

— Je vais y aller, murmura le jeune homme d'une voix éteinte, malgré son sourire.

Il devait être déçu de n'avoir pas pu revoir Asami, en dépit de ses efforts.

— Êtes-vous sûr ? s'enquit Nagaré.

Le cafetier ne pouvait rien y faire, bien sûr, mais il n'avait pu s'empêcher de lui poser la question. Du bout des doigts, il continuait de presser étourdiment les touches du combiné.

— Oui, merci, répondit Kurata.

Nagaré partit ranger l'appareil dans l'arrière-salle. Kurata se tourna alors vers Miki, qui le regardait d'un air distrait, et lui tendit le *tanzaku* sur lequel il avait inscrit son vœu.

— Tu veux bien aller l'accrocher pour moi, s'il te plaît ?

— Tout de suite !

Comme il ne pouvait pas quitter son siège, la fillette s'approcha en trottinant pour prendre la bande de papier.

— Merci pour tout.

Avec un signe de tête en direction de Kazu, Kurata saisit la tasse posée devant lui.

Deux ans et demi plus tôt, pendant l'été…

On avait diagnostiqué à Kurata une leucémie myéloïde aiguë : en fonction du traitement, il pourrait s'en sortir, mais si l'on ne faisait rien, il ne lui resterait que six mois à vivre. Deux ans auparavant, il avait commencé à sortir avec Asami.

Le jeune homme s'était procuré en secret des alliances et venait de se décider à lui demander sa main. Il n'allait pas abandonner ce projet pour autant. Il avait commencé son traitement sans hésiter, motivé par ses chances de survie. Ensuite, il avait résolu de mettre son plan à exécution, à l'insu d'Asami.

Grâce à Fumiko, il savait que ce café permettait à ses visiteurs non seulement de remonter le temps, mais aussi de se projeter dans le futur. Mais lorsqu'il s'était agi de passer à l'action, il n'était pas convaincu de disposer d'informations suffisantes. Il allait donc se rendre lui-même dans l'établissement afin de demander au personnel si son plan avait une chance d'aboutir.

Il connaissait bien le chemin, car il y était venu deux fois avec Fumiko. Le temps était conforme aux prévisions : pluie torrentielle en soirée. Il était arrivé dans le café trempé de la taille aux pieds, malgré son parapluie.

Était-ce à cause de la pluie ? À l'intérieur, il n'y avait que Kazu, la serveuse, et la femme à la robe blanche.

Allant droit au but, Kurata avait aussitôt entrepris d'exposer son projet à Kazu :

— J'aimerais me rendre dans le futur. Je sais grâce à Kiyokawa que si je m'assieds à cette place, je pourrai voyager dans le temps…

Les yeux posés sur le siège de la femme en blanc, il avait sorti un carnet dans lequel il avait consigné toutes les explications de Fumiko, afin de vérifier les règles du café.

— Lorsque l'on retourne dans le passé, on ne peut y rencontrer que des gens ayant déjà fréquenté l'établissement. Donc, si l'on se rend dans le futur, on ne peut rencontrer une personne qu'à condition qu'elle vienne dans ce café, c'est bien ça ?

— C'est exact.

Le regard plongé dans son carnet, Kurata avait continué de poser sérieusement ses questions, auxquelles Kazu avait répondu tout en poursuivant son travail, impassible.

Le jeune homme avait ensuite obtenu confirmation que la femme à la robe blanche se rendait aux toilettes une fois par jour, sans exception, et qu'on ne pouvait pas quitter son siège, même lorsqu'on allait dans le futur.

— Le café met-il toujours autant de temps à refroidir, quelle que soit la personne ? Ou l'intervalle est-il plus ou moins long, selon les circonstances ?

Question plutôt perspicace : si le temps que le café mettait à refroidir était le même pour tous, il lui suffirait de se renseigner auprès de Fumiko, qui avait déjà fait le voyage, pour se faire une idée approximative de la durée en question. Et si, d'aventure, l'intervalle variait, alors, dans le pire des cas, il disposerait de moins de temps que sa collègue.

Lorsque l'on se rendait dans le passé, on savait exactement quand la personne que l'on souhaitait rencontrer était venue dans le café, ce qui permettait de déterminer le moment auquel il convenait de retourner. On était sûr de pouvoir l'y trouver, ne serait-ce que pour un court moment.

L'avenir, lui, ne permettait pas une telle planification. Même si l'on convenait d'un rendez-vous, rien ne garantissait que l'on pourrait l'honorer. Un retard de quelques secondes pouvait vous empêcher de retrouver la personne souhaitée.

Voilà pourquoi la question de la durée était cruciale. Retenant son souffle, Kurata avait guetté la réponse de Kazu.

— Je ne sais pas, avait-elle sèchement déclaré.

— Je vois, avait répliqué Kurata sans montrer la moindre déception, comme s'il s'était attendu à une telle réponse.

Puis il avait posé une dernière question à la serveuse :

— Je sais que lorsque l'on retourne dans le passé, on aura beau faire, on ne pourra pas changer la réalité, mais dois-je supposer que cette règle s'applique également aux événements survenant dans l'avenir ?

Cette fois, Kazu avait interrompu un instant son travail pour réfléchir un peu.

— Je dirais que oui, avait-elle répondu.

Peut-être avait-elle deviné les intentions de Kurata ; quoi qu'il en soit, il s'agissait d'une réponse étonnamment ambiguë de la part de la serveuse. La raison en était simple : personne n'avait encore pensé à lui poser cette question.

À supposer, donc, que cette règle vaille également pour l'avenir…

S'il se rendait dans le futur et ne parvenait pas à rencontrer Asami, quels que soient ses efforts ensuite, il ne pourrait pas changer la réalité. À l'inverse, s'il réussissait à la retrouver, quoi qu'il arrive ensuite, il aurait la certitude de la revoir, songeait-il.

C'était la règle qu'il tenait le plus à vérifier.

Il n'y avait pas plus imprudent que de voyager dans le futur en comptant sur des coïncidences. Si Asami avait été une habituée de ce café, il aurait pu s'en remettre au hasard. Mais ce n'était pas le cas. Kurata avait donc résolu de se livrer à tous les préparatifs possibles et imaginables afin qu'Asami se rende dans l'établissement dans le futur où lui-même voulait aller.

S'il avait été possible de changer l'avenir, il aurait pu se projeter dès maintenant dans le futur et, dans le cas où il ne serait pas parvenu à la voir, faire en sorte, après son retour dans le présent, de modifier la réalité. Autrement dit, même s'il avait manqué cette occasion précise, il lui serait resté une possibilité de se rattraper plus tard.

Mais ce n'était pas le cas.

On ne pouvait pas modifier la réalité dès l'instant où l'on avait voyagé dans le temps.

Il ne s'agissait pas là d'une nouvelle règle. C'était simplement un aspect de la règle déjà établie (selon laquelle, même de retour dans le passé, on ne pouvait changer la réalité du présent), que seul Kurata avait comprise alors qu'il envisageait de visiter le futur.

Il avait acquiescé d'un air pensif.

— Entendu. Je vous remercie.

— Que comptez-vous faire aujourd'hui ? lui avait demandé Kazu.

— Je vais rentrer, avait-il répondu.

Puis il était parti d'un pas clapotant, ses chaussures étant encore gorgées d'eau.

Afin de retrouver Asami dans le futur, Kurata s'était assuré de la collaboration de Fumiko.

Elle fréquentait régulièrement ce café et s'entendait bien avec Asami. De plus, connaissant son travail comme ingénieure système, il était persuadé qu'il n'y avait pas mieux placé qu'elle pour l'aider. Il l'avait donc abordée pour en discuter.

— Dans six mois, je ne serai sans doute plus de ce monde, lui avait-il annoncé tout de go.

Il lui avait montré un certificat médical et expliqué l'avis du médecin. Il devait être hospitalisé la semaine suivante.

Comme il fallait s'y attendre, la nouvelle avait d'abord laissé Fumiko sans voix.

— Que voulez-vous que je fasse ? avait-elle finalement répliqué, sans doute encouragée par son air déterminé.

— Il y a une chose que vous seule pouvez faire. Je vais me rendre dans ce fameux café pour me projeter deux ans dans le futur. Voudrez-vous bien y conduire Asami si jamais je suis mort dans l'intervalle ?

En entendant ces mots, Fumiko avait eu l'air contrariée.

— Il y a cependant deux cas dans lesquels vous n'aurez pas besoin de la faire venir.

— Que voulez-vous dire ?

Fumiko se montrait ouvertement soupçonneuse, à présent. Elle avait bien du mal à comprendre comment Kurata pouvait lui demander de faire venir Asami tout en précisant les cas dans lesquels cette obligation ne tiendrait plus.

Le jeune homme poursuivit sans s'en préoccuper :

— Premièrement, si je ne suis pas mort d'ici là, inutile de l'amener.

Voilà qui semblait couler de source, avait songé Fumiko. C'était même ce qu'il y avait de plus souhaitable. L'autre condition, cependant, allait la laisser pantoise :

— Si, après ma mort, Asami se marie et mène une vie heureuse, je vous prie de ne pas la faire venir.

— Pardon ? Je ne suis pas sûre d'avoir bien compris…

— Si je me rends dans le futur et que je n'y vois pas Asami, j'en déduirai qu'elle est mariée et heureuse, et je reviendrai dans le présent. Mais dans le cas contraire, j'aurai un message à lui faire passer… et alors…

Même s'il ne lui restait plus que six mois à vivre, Kurata ne souhaitait rien d'autre que le bonheur d'Asami, et ce jusqu'à la fin des jours de la jeune femme.

— Vous, alors…, avait laissé échapper Fumiko, en larmes, après avoir compris son plan.

Pour finir, Kurata avait déclaré laisser à Fumiko le soin de décider si elle voulait ou non prévenir Asami.

— Dans la mesure du possible, je préférerais ne pas avoir à vous déranger avec ça, mais si jamais… Je compte sur vous, avait-il ajouté.

Et il s'était incliné profondément.

Cependant, Asami n'était pas venue. En soupirant, Kurata portait sa tasse à ses lèvres, quand soudain…

Ding-dong.

Peu après que la clochette eut retenti, une silhouette apparut précipitamment, vêtue d'un duffle-coat bleu marine : c'était Asami Mori.

Dehors, il avait dû se mettre à neiger, car elle avait les épaules et la tête saupoudrés de minuscules flocons blancs. Entre Kurata vêtu d'un tee-shirt, tout droit venu du cœur de l'été, et son ancienne promise emmitouflée dans un gros manteau pour affronter la rudesse des fêtes de fin d'année, ces retrouvailles tournaient au choc des saisons.

Les deux jeunes gens se dévisagèrent un moment en silence.

— S-salut…, lança maladroitement Kurata.

Le souffle court, Asami le toisa d'un air sévère.

— Fumiko m'a tout raconté. Qu'est-ce que c'est que cette histoire ? Je dois aller à la rencontre des morts, maintenant ? Mets-toi un peu à ma place !

Sans la quitter du regard, Kurata se gratta le front de l'index, visiblement embarrassé.

— Désolé, murmura-t-il.

Il continuait de l'observer avec attention.

— Quoi ? maugréa la jeune femme d'un air soupçonneux.

— Non, rien… Bon, je dois y aller, marmonna-t-il précipitamment.

Alors qu'il portait une nouvelle fois sa tasse à ses lèvres, Asami s'approcha d'un pas vif pour exhiber fièrement sa main gauche. À son annulaire brillait une bague étincelante.

— Comme tu peux le voir, je suis mariée, déclara-t-elle haut et fort, en le fixant crânement.

— Je vois.

Les yeux de Kurata se mirent à rougir. Détournant le regard, Asami poussa un soupir.

— Voilà déjà deux ans que tu es mort, Kurata. Qu'est-ce qui t'a pris de mêler Fumiko à tout ça ? Tu ne crois pas que tu en fais trop ? dit-elle d'un ton accusateur.

— En effet, je n'avais pas besoin de m'inquiéter, visiblement…, concéda-t-il avec un petit rire forcé.

Il était content d'apprendre que la jeune femme s'était mariée, même s'il ne voyait pas très bien pourquoi elle était venue le voir dans ce cas.

— Je vais y aller.

Kurata allait regagner le passé pour y quitter le monde des vivants six mois plus tard. Son incursion dans le futur ne changerait rien au fait qu'il allait mourir. « Voilà déjà deux ans que tu es mort », lui avait clairement dit Asami. Pourtant, il ne semblait guère troublé. Il affichait même un sourire franc et heureux.

Asami, elle, n'avait aucun moyen de connaître les pensées du jeune homme et continuait de bouder, les bras croisés.

— Bon…

Kurata termina son café d'un trait. Aussitôt, le vertige s'empara de lui et le paysage se mit à onduler. La main du jeune homme se muait déjà en vapeur alors qu'il reposait sa tasse sur la soucoupe.

— Kurata ! s'écria Asami, tandis que son corps flottait dans les airs.

Il commençait à perdre conscience et le décor autour de lui à défiler de haut en bas.

— Merci d'être venue, A…

La fin de sa phrase s'évanouit, comme aspirée par le plafond.

Soudain, la femme en blanc apparut, tel un mirage, sur la chaise que Kurata occupait encore un instant auparavant.

Asami resta plantée sur place à fixer le vide dans lequel Kurata avait disparu.

Ding-dong.

La cloche retentit faiblement depuis la porte d'entrée.

Fumiko venait de faire son apparition, vêtue d'une doudoune et chaussée de bottes en mouton.

Elle était restée à l'entrée du café, la porte entrouverte et l'oreille tendue, guettant la fin de leur conversation.

Elle s'approcha lentement de sa jeune collègue.

— Asami…

Kurata avait énoncé deux conditions dans lesquelles Fumiko n'aurait pas à faire venir Asami.

La première était qu'il ne soit pas mort entre-temps. La seconde, qu'après sa mort, Asami se soit mariée et ait trouvé le bonheur.

À la suite de son décès, cependant, Fumiko avait hésité jusqu'à la dernière minute à prévenir Asami. « Si Asami est mariée et heureuse, ce n'est pas la peine de la faire venir », lui avait-il dit, ce qu'elle avait interprété comme suit : « Si Asami n'arrive pas à se remettre de ma mort et reste célibataire, je voudrais que tu l'amènes au rendez-vous. »

Elle désirait néanmoins éviter de les faire se rencontrer au seul prétexte qu'Asami ne se serait pas mariée, en dépit de ses efforts pour oublier Kurata.

Un défunt qui vient à votre rencontre, voilà qui n'est pas banal. Si cela tournait mal, la vie de la jeune femme risquait d'en être bouleversée. Fumiko avait eu beau se triturer les méninges, deux ans s'étaient écoulés sans qu'elle ait pu établir de stratégie satisfaisante ni percer à jour les sentiments d'Asami.

La jeune femme avait vécu un temps dans la tristesse après le décès de son petit ami, mais au bout de six mois environ, elle avait retrouvé une vie normale. Du point de vue de Fumiko, Asami semblait avoir tourné la page.

Voilà pourquoi il lui avait été si difficile de déterminer si elle devait conduire sa collègue au café le jour dit. Certes, Asami ne s'était pas mariée, mais ce seul critère ne suffisait pas pour juger de son bonheur. Cela dit, depuis la mort de Kurata, Fumiko ne lui connaissait pas de nouvelle relation.

Sans qu'elle s'en rende compte, on était arrivé à une semaine du jour fatidique.

Après s'être beaucoup tourmentée, Fumiko avait fini par demander conseil à son mari, Gorô. Même si elle reconnaissait en lui un confrère plus que talentueux, elle doutait qu'il fût aussi compétent dans les affaires de cœur. Mais comme le couple avait décidé de régler ensemble les problèmes de chacun, elle avait tenté sa chance.

— Je doute qu'il ait pensé que cette histoire te tracasserait autant, avait déclaré Gorô.

Elle avait penché la tête, pas certaine de comprendre.

— Il t'a accordé une confiance aveugle.

— Mais qu'est-ce que je dois faire ?

— Ce n'est pas à la femme qu'il a fait confiance.

— Pardon ? Que veux-tu dire ?

— C'est à l'ingénieure système qu'il s'est adressé.

En entendant ces mots, Fumiko n'avait pu retenir un petit « Hein ? ».

— Lui-même te l'a pourtant dit, non ? Les conditions pour que tu n'aies pas à faire venir cette fille sont, premièrement, qu'il ne soit pas mort, et deuxièmement, qu'elle se soit mariée et ait trouvé le bonheur…

— Oui. Mais dans le cas contraire, le rendez-vous est maintenu.

— Exactement. Donc, si elle est heureuse mais pas mariée, les conditions ne sont pas remplies pour ne pas la faire venir.

— Je vois…

— Il la connaît mieux que toi. Sans doute s'agit-il d'un plan qu'il aura établi pour l'aider à surmonter une sorte de trauma.

Un souvenir était alors revenu à l'esprit de Fumiko : Asami avait fait une fausse couche. « J'ai peur que cela se reproduise», lui avait même confié sa jeune collègue.

— À l'inverse, il arrive que l'on soit marié mais pas heureux, n'est-ce pas ? Dans ce cas non plus, les conditions ne seraient pas remplies, donc…

— J'ai compris ! Merci !

Fumiko était aussitôt allée voir Asami – à présent qu'elle savait quoi faire, il n'y avait plus un instant à perdre.

Le rendez-vous était fixé une semaine plus tard : le 25 décembre, à 19 heures. Bien sûr, elle s'était gardée de lui en révéler les dessous.

— Entendu, lui avait répondu Asami d'une voix éteinte lorsqu'elle lui avait expliqué que Kurata viendrait leur rendre visite depuis le passé.

Et son visage s'était assombri.

Le jour de la venue de Kurata, Asami s'était absentée de son travail sans prévenir.

Personne n'avait pu la joindre. Ses collègues avaient échangé des ragots, sous-entendant qu'elle faisait passer Noël avant le travail, mais Fumiko, qui avait une petite idée de ce qui se passait, s'était contentée de les rabrouer en leur enjoignant de regagner leurs postes.

Sans doute Asami ne parvenait-elle pas à décider si elle devait venir ou non.

Fumiko s'était contentée de lui envoyer un texto :

«Je t'attends devant le café à 19 heures.»

Le soir venu, la foule se pressait dans le quartier de la gare, qu'égayaient les sapins décorés, les illuminations et les chants de Noël.

Le café, lui, se trouvait dans une ruelle coincée entre des immeubles de bureaux, à dix minutes à pied de la gare et, hormis une petite couronne accrochée à l'enseigne, rien ne sortait de l'ordinaire. Avec les seuls réverbères comme source d'éclairage, il y régnait une ambiance plutôt lugubre.

— Il fait toujours aussi sombre, ici ? souffla Fumiko, postée devant l'entrée, dans un nuage de vapeur blanche.

La neige qui avait commencé à tomber dans la soirée venait danser jusque dans la ruelle. Même le parapluie de Fumiko était couvert d'une fine poudre blanche.

Écartant légèrement la manche de son manteau, Fumiko consulta sa montre : l'heure de son rendez-vous avec Kurata était passée de quelques minutes.

Toujours pas d'Asami en vue, cependant.

Peut-être son train avait-il du retard à cause de la neige. Les rues étaient encombrées pour la même raison. D'ordinaire, elle se serait réjouie d'un Noël enneigé, mais en ce jour précis, cette météo ne lui causait que des désagréments.

Elle tenta à nouveau de lui téléphoner – la troisième fois, déjà. Pas de réponse.

Son amie ne viendrait pas.

Peut-être était-ce là sa décision. Si frustrant que soit ce choix, il appartenait à Asami, et à elle seule.

Peut-être aurais-je dû insister un peu ?

Dans sa tête, les excuses le disputaient aux regrets.

Que vais-je bien pouvoir dire à Kurata… ?

Bien que déjà devant le café, elle ne pouvait se résoudre à descendre les marches, aussi décida-t-elle de téléphoner au jeune homme pour lui expliquer la situation.

— Allô, Kurata ?… C'est Kiyokawa. Oui. À vrai dire, Asami traverse une période compliquée, si bien que je ne l'ai prévenue de votre venue qu'il y a une semaine… Exactement. Oui. Désolée… J'ai pas mal réfléchi, vous savez. Asami a accepté… Oui. Oui. Oui, mais elle va bien. Cela fait six mois, je dirais ? Elle était déprimée, bien sûr, mais j'ai l'impression qu'elle a fini par tourner la page… Oui… Oui. Pardon. Peut-être aurais-je dû insister plus, je regrette un peu. Oui… Hein ? Ah, oui. Merci… Ah, je vois, je vois. Je suis vraiment désolée. Oui… Allez, au revoir…

Après avoir raccroché, Fumiko resta un moment sur place, un arrière-goût désagréable dans la bouche. La neige continuait de tomber, de plus en plus abondante.

Je devrais rentrer…

Alors qu'elle esquissait un pas…

— Fumiko !

Une voix de femme avait retenti derrière elle. Lorsqu'elle se retourna, elle découvrit Asami qui se tenait là, à bout de souffle.

— Asami !

— Kurata est encore là ?

— Je ne sais pas, mais…

Fumiko consulta sa montre. Elle était arrivée à 19 heures pile, il était à présent 19 h 08. Une des règles de l'établissement stipulait qu'il fallait terminer le café avant qu'il ait refroidi. Même si, par chance, il était encore tiède, il était probable que Kurata l'ait fini après qu'elle l'eut appelé. Il n'y avait plus un instant à perdre.

— Allons-y ! dit-elle en poussant son amie dans l'escalier.

Arrivée en bas, Asami fit volte-face.

— Puis-je emprunter ton alliance ? l'implora-t-elle.

Je lui demanderai ses raisons plus tard.

Sans hésiter, Fumiko ôta la bague de son annulaire pour la lui tendre.

— Allez, dépêche-toi !

— Merci beaucoup !

Après lui avoir adressé un signe de tête, Asami poussa la porte du café, faisant tinter la clochette.

Les yeux perdus dans le vide où Kurata venait de disparaître, Asami soupira.

— Je n'ai pas réussi à l'oublier… Jamais je ne pourrai épouser quelqu'un d'autre…, laissa-t-elle échapper en tremblant légèrement.

— Je comprends, dit Fumiko en la regardant.

Sans doute ressentirais-je la même chose à sa place, songea-t-elle, le cœur tellement serré qu'elle ne trouvait rien d'autre à dire.

— Mais je me suis souvenue de ce qu'il m'a dit au moment de ma fausse couche…

Cet enfant s'est efforcé de profiter de ces soixante-dix jours d'existence pour essayer de te rendre heureuse.

Alors, si tu continues à te morfondre comme ça, tous ses efforts n'auront servi qu'à ton malheur.

Mais si tu retrouves à présent le bonheur, cet enfant aura mis ces soixante-dix jours à profit pour te rendre heureuse. Sa vie prendra alors tout son sens. C'est toi, et toi seule, qui pourras donner un sens à la vie de cet enfant. Voilà pourquoi tu dois absolument trouver le bonheur. Personne ne le souhaite plus fort que cet enfant…

Asami avait répété les paroles de Kurata d'une voix brisée et tremblante.

— Alors, je me suis dit que même si je n'étais pas encore prête à me marier, je devais absolument trouver le bonheur…

— Asami…

— Si mon bonheur est aussi le sien…

À ces mots, elle ôta la bague empruntée plus tôt pour la rendre à sa propriétaire. Elle s'en était servie pour mentir à Kurata, en lui faisant croire qu'elle s'était mariée.

— « *Qu'Asami soit heureuse à jamais* », lut soudain Miki sur le *tanzaku* qu'avait laissé Kurata.

Même si elle ne parvenait pas à comprendre comment cette phrase avait pu atterrir là, Asami sut aussitôt qu'elle avait été rédigée par Kurata. Elle se recroquevilla sur place, le visage baigné de larmes.

— Tout va bien, madame ? demanda Miki en la dévisageant avec curiosité.

Fumiko passa le bras autour des épaules de son amie. Kazu, elle, interrompit son travail pour jeter un regard à la femme en blanc.

Ce jour-là, Nagaré ferma le café plus tôt.

De retour chez elle, Fumiko rapporta à Gorô ce qui s'était passé au café.

— Kurata a dû se douter qu'elle mentait, non ? demanda-t-il tout en sortant de sa boîte le gâteau qu'elle avait acheté.

— Pourquoi ? s'étonna Fumiko, les sourcils froncés.

— Elle lui a dit que tu lui avais tout raconté, n'est-ce pas ?

— Certes, mais je ne vois pas le rapport…

— Si elle avait vraiment été heureuse en mariage, tu n'aurais pas eu besoin de tout lui raconter… car une condition aurait été remplie pour que tu n'aies pas à la faire venir.

— Ah…

— Tu saisis ?

— Qu'est-ce que je vais faire… J'ai tout déballé… C'est de ma faute…

Gorô se mit à glousser en voyant sa femme démoralisée.

— Qu'est-ce qu'il y a ? Pourquoi tu ris ? s'emporta Fumiko.

Son mari s'excusa.

— Ne t'en fais pas, va. Même s'il sait qu'elle a menti, il est reparti dans le passé sans rien dire car il sait qu'elle finira par trouver le bonheur…

Pour lui changer les idées, il lui offrit le cadeau de Noël qu'il avait préparé.

— Toi-même, tu as fait cette expérience, rappelle-toi.

— Moi ?

— Quels que soient ses efforts, il ne pouvait changer cette réalité dans laquelle elle n'est pas heureuse, mais…

— À l'avenir…

— Oui. Il a compris, d'après ses mensonges, qu'elle avait changé d'état d'esprit.

— Pour devenir heureuse ?

— Exactement. Voilà pourquoi il est reparti sans rien dire.

— Je vois…

— Tu n'as donc aucun souci à te faire.

Gorô planta sa fourchette dans le gâteau.

— Tant mieux…

Soulagée, Fumiko l'imita.

La nuit de Noël se poursuivit dans le calme et le silence.

Après la fermeture…

La lumière éteinte, seules les guirlandes du sapin de Noël éclairaient l'intérieur du café.

Après avoir fini de ranger la caisse et ôté son uniforme, Kazu se tenait devant la femme en blanc. Elle ne faisait rien de spécial. Elle se contentait de rester plantée là.

Ding-dong…

— Tu es toujours là ? lança Nagaré à la serveuse.

Sur son dos, il portait Miki, qui s'était endormie, épuisée d'avoir joué dans la neige.

— Oui…

— Tu penses encore à Kurata ?

Pour toute réponse, Kazu contempla la fillette qui somnolait paisiblement sur le dos de son père. Nagaré se garda bien d'insister. Mais alors qu'il s'apprêtait à quitter la pièce, il passa devant elle.

— Je pense que Kanamé ressent la même chose…, murmura-t-il comme pour lui-même avant de disparaître dans l'arrière-salle.

Les décorations lumineuses du sapin qui s'élevait jusqu'au plafond continuèrent de colorer joyeusement le dos de Kazu, tandis qu'elle s'attardait, immobile, dans le café silencieux.

C'était Kazu, alors âgée de sept ans, qui avait préparé le café de Kanamé le jour où celle-ci était partie revoir son mari défunt.

Voici ce que Nagaré, qui était alors présent sur les lieux, avait répondu lorsqu'une connaissance de Kanamé lui avait demandé des explications :

— Peut-être qu'en entendant parler de « café froid », Kanamé s'était imaginé une température semblable à celle de l'eau du robinet, alors que pour certains, cela signifie plutôt qu'elle descend en dessous de celle de la chaleur corporelle. Personne ne sait exactement ce que recouvre cette fameuse règle du café dit « froid ». Kanamé devait penser que le sien n'avait pas encore complètement refroidi…

Mais personne ne connaissait la vérité des faits.

— Tu n'as rien à te reprocher, disait-on à la petite Kazu.

C'est moi qui ai préparé le café de maman…

Cette vérité demeurait, indélébile, dans l'esprit de la fillette.

Au fil des jours, une conclusion s'était dessinée, de plus en plus nette :

C'est moi qui ai tué maman…

Jusque-là insouciante, Kazu avait perdu le sourire et s'était mise à errer jour et nuit comme une somnambule. Ses capacités d'attention avaient tellement diminué qu'il lui arrivait de s'arrêter au milieu de la route, manquant de se faire écraser par les voitures, et on la retrouvait même parfois dans la rivière en plein hiver. La fillette n'avait pas conscience de vouloir mourir, cependant. C'était son inconscient qui lui jouait des tours. Malgré elle, elle ne cessait de se sentir coupable.

Trois ans s'étaient écoulés lorsqu'un jour, Kazu s'était retrouvée devant un passage à niveau. Son expression n'était pas celle d'une personne déterminée à mourir. C'est d'un air détaché qu'elle regardait le signal d'avertissement tandis qu'il sonnait, assourdissant.

La ville prenait des teintes orangées dans les lueurs du couchant ; derrière Kazu se tenaient des familles qui rentraient de faire les courses, et des étudiants sortant des cours. Tous attendaient que la barrière se lève.

— Excuse-moi, maman, avait soudain lancé une voix juvénile au milieu de la foule.

Ce n'était qu'une conversation banale entre un enfant et sa mère qui faisait mine de bouder pour plaisanter.

Kazu avait regardé un moment le duo.

— Maman…, avait-elle murmuré avant d'avancer, comme aimantée par le passage à niveau.

— Et si je t'accompagnais ? avait alors proposé une voix à ses côtés.

C'était Kinuyo, qui dirigeait un cours de dessin dans le quartier et qui s'était trouvée par hasard dans le café le jour où Kanamé avait remonté le temps. Depuis, elle veillait discrètement sur la fillette, peinée de la voir perdre le sourire.

Jusqu'à présent, cependant, quoi qu'elle lui dise, elle n'avait pu apaiser son tourment. En lui proposant de l'accompagner, elle espérait au moins lui signifier sa volonté de l'épauler face à cette souffrance. Si elle ne pouvait soulager sa douleur, Kinuyo voulait au moins s'incliner avec elle devant la défunte.

En entendant ces mots, pourtant, Kazu avait eu une réaction inhabituelle. Pour la première fois depuis le décès de Kanamé, elle avait éclaté en sanglots et laissé couler ses larmes.

Kinuyo n'aurait su dire laquelle de ses paroles avait résonné dans le cœur de Kazu. Tout ce qu'elle savait, c'est que la fillette avait souffert seule et qu'elle ne voulait pas véritablement mourir.

Alors que le train passait en trombe devant elles, Kinuyo avait longuement serré Kazu dans ses bras, lui caressant la tête jusqu'à ce que l'enfant cesse de pleurer.

Bientôt, les ténèbres les avaient enveloppées.

Depuis ce jour, Kazu avait recommencé à préparer le café pour les clients qui souhaitaient voyager dans le temps.

Dong… Dong…

Dans le café, l'horloge centrale sonna 2 heures du matin.

Le calme régnait dans la salle plongée dans la nuit noire. Tandis que le ventilateur tournait lentement, sans un bruit, au plafond, Kanamé continuait de lire le roman que lui avait apporté Kazu.

Kazu, elle, demeurait immobile, telle une nature morte se fondant dans le paysage.

Une larme solitaire coulait le long de sa joue…

4

Le couple marié

Peu de choses rendent les gens aussi heureux que l'arrivée du printemps après un hiver rigoureux.

La venue de la nouvelle saison ne se fait pas du jour au lendemain, cependant, et l'on ne saurait dire quelles dates, exactement, marquent la fin de l'hiver et le début du printemps.

Le printemps se cache, tapi au cœur de l'hiver. L'homme détecte sa présence par la vue, le toucher et les autres sens. Il le déniche dans la pousse des bourgeons, la douceur de la brise, la chaleur du soleil.

Le printemps accompagne l'hiver…

— Tu t'inquiètes toujours pour Kanamé ? murmura Nagaré comme pour lui-même.

Assis au comptoir, il pliait avec dextérité une serviette en papier pour en faire un origami en forme de grue. Il ne parlait pas tout seul, pourtant : il s'adressait à Kazu Tokita, qui essuyait une table derrière lui. Sans lui répondre, celle-ci replaça un sous-verre et posa un pot de sucre dessus.

Kanamé était le prénom de sa mère, qui était retournée dans le passé pour ne plus jamais en revenir.

Nagaré posa sa septième grue en papier sur la table.

— Je pense que tu devrais la garder, dit-il en regardant la serveuse, qui continuait de travailler. Kanamé en serait très…

Ding-dong.

La clochette de l'entrée interrompit le cafetier. Ni lui ni son employée ne saluèrent le nouvel arrivant, car dans ce café, lorsque l'on franchissait la porte, on devait parcourir un couloir avant d'atteindre la salle, si bien que quand on entendait tinter la cloche, on ne pouvait pas savoir tout de suite qui était entré.

Nagaré fixa la porte en silence.

Un instant plus tard, Kiyoshi Manda se glissa discrètement dans la salle.

Inspecteur chevronné, Kiyoshi venait de prendre sa retraite de la Criminelle. Avec son imperméable et sa casquette de chasseur élimée, il semblait tout droit sorti d'une vieille série policière. Malgré sa profession, il n'avait rien d'intimidant ; c'était un homme à peine plus grand que Kazu et il avait toujours le sourire aux lèvres. Où qu'il aille, il pouvait passer pour un brave oncle jovial.

Sur l'horloge centrale, les aiguilles indiquaient 19 h 50. Le café fermait à 20 heures.

— Ça ne vous ennuie pas… ? demanda Kiyoshi comme pour s'excuser de venir si tard.

— Pas du tout, répondit Kazu avec son impassibilité habituelle.

Nagaré se contenta de lui adresser un signe de tête.

D'ordinaire, le policier prenait place à la table la plus proche de l'entrée pour commander un café dès son arrivée, mais ce jour-là, il resta planté là, sans bouger.

— Tenez.

Kazu lui servit un verre d'eau et l'invita à s'asseoir au comptoir.

— Merci, dit Kiyoshi en soulevant sa casquette, et il s'installa sur l'un des tabourets, laissant un siège vide entre Nagaré et lui.

Le cafetier rassembla soigneusement ses origamis.

— Je vous sers un café ? dit-il.

Puis il se leva pour rejoindre la cuisine.

— Ah, non merci, pas ce soir…, répondit le client en jetant un coup d'œil à la femme en blanc.

Nagaré suivit son regard, perplexe.

— À vrai dire…

Il sortit de son sac un petit paquet, de la taille d'un étui à stylo, emballé dans du papier cadeau.

— Si je suis venu, c'est pour donner ceci à ma femme…

— Est-ce…, murmura Kazu, qui avait dû deviner le contenu du paquet.

— Oui, c'est le collier que vous m'avez aidé à choisir, confirma Kiyoshi en se grattant la tête d'un air gêné.

C'est à l'automne de l'année précédente que l'enquêteur était venu prendre conseil afin de choisir un cadeau pour l'anniversaire de sa femme. « Que diriez-vous d'un collier ? » lui avait suggéré la serveuse. Hélas, incapable d'en sélectionner un tout seul, il avait fini par lui demander de l'accompagner à la bijouterie.

— Je lui avais donné rendez-vous ici même pour le lui offrir, mais le jour dit, j'ai eu une urgence au travail…

Nagaré échangea un regard avec Kazu.

— Alors, vous souhaitez retourner à la date de son anniversaire… c'est ça ? lui demanda-t-il.

— En effet.

Nagaré se mordit la lèvre et demeura coi. Cela ne dura que deux ou trois secondes, mais dans le silence de la salle, cela dut paraître une éternité à Kiyoshi.

— Ne vous inquiétez pas, tout va bien se passer. Je suis parfaitement au courant des règles…, s'empressa-t-il d'ajouter.

Toujours muet, le cafetier continuait de le dévisager, le front plissé. Son attitude devait sembler bien étrange au policier, qui reprit d'un air anxieux :

— Quelque chose ne va pas ?

— Pardonnez-moi de vous demander ça, mais…, commença le cafetier, avant de poursuivre d'une petite voix, comme embarrassé : Pourquoi ne pas simplement le lui donner, sans retourner dans le passé ?

— Ahaha, certes…, s'esclaffa Kiyoshi, comme s'il comprenait enfin son accès de mutisme. Vous n'avez pas tort…

Il se gratta de nouveau la tête.

— Pardonnez-moi.

Nagaré inclina précipitamment la tête.

— Vous n'avez pas à vous excuser, voyons… C'est ma faute, je ne vous ai pas expliqué la situation…

Kiyoshi attrapa le verre que lui avait servi Kazu et but une gorgée d'eau.

— Expliqué quoi ? s'enquit Nagaré.

— Voilà exactement un an, j'ai appris que ce café offrait la possibilité de remonter le temps…

L'épisode en question datait de sa toute première visite dans l'établissement.

Ding-dong.

Lorsqu'il était entré dans la salle, Kiyoshi avait vu à la table du fond un homme en train de pleurer, le visage empourpré, face à une dame âgée. Au comptoir était assis un garçon en âge d'aller à l'école primaire, sous le regard d'un homme de près de deux mètres qui devait être un employé de l'établissement.

Sans dire un mot au nouvel arrivant, le géant avait continué de fixer les deux personnes assises à la table du fond. Seul le garçonnet avait dévisagé Kiyoshi tout en sirotant son jus d'orange.

Inutile de faire des histoires parce qu'on n'a pas salué mon arrivée. On finira bien par remarquer ma présence…

Adressant un petit signe de tête au garçon, il avait pris place à la table la plus proche de l'entrée.

Soudain, un nuage de vapeur avait enveloppé l'homme en pleurs et l'avait fait disparaître, comme s'il avait été aspiré par le plafond.

Quoi ?

Devant les yeux ébahis de Kiyoshi, une femme vêtue d'une robe blanche était ensuite apparue sur la chaise que l'homme occupait encore un instant auparavant. On aurait dit un tour de magie.

Qu'est-ce qu'il vient de se passer… ?

Toujours en proie à la stupéfaction, il avait vu la dame âgée marmonner quelques mots à la femme en blanc.

«Il ne me reste plus qu'à souhaiter le bonheur à Kazu…», avait-il entendu.

La dame âgée n'était autre que Kinuyo Mita, et l'homme disparu, son fils, Yukio.

Cet incident avait fait comprendre à Kiyoshi que la rumeur était vraie : dans ce café, on pouvait bien remonter le temps.

Après avoir entendu Kazu et Nagaré expliquer les règles contraignantes qui encadraient l'opération, il avait été surpris de constater qu'il se trouvait encore des clients pour vouloir faire le voyage.

À quoi bon retourner dans le passé si l'on ne peut rien faire pour changer le présent… ?

Kiyoshi s'était alors pris de curiosité pour les gens qui venaient remonter le temps en connaissance de cause.

— Aussi indiscret que cela puisse paraître, j'ai fait des recherches sur vos clients qui ont remonté le temps, expliqua Kiyoshi en s'inclinant devant Nagaré et Kazu. Et voilà ce que j'ai appris…

Il sortit un petit carnet noir avant de poursuivre :

— Au cours des trente dernières années, quarante et une personnes en tout ont pris place sur ce siège pour retourner dans le passé. Elles avaient des motivations variées, comme revoir un ancien amant, un mari ou un enfant, mais quatre d'entre elles ont choisi d'aller voir une personne décédée. Deux l'année dernière et une autre il y a sept ans. Sans oublier la première, il y a vingt-deux ans… votre mère.

Nagaré avait blêmi en l'écoutant.

— Comment le savez-vous ? demanda-t-il, troublé.

À l'inverse, Kazu, elle, se contentait de fixer le vide en silence.

Kiyoshi inspira profondément, comme gêné.

— C'est Kinuyo qui m'en a parlé avant de mourir.

À ces mots, il se tourna vers Kazu. La serveuse baissa le regard.

— Ses derniers mots ont été pour me dire qu'elle vous considérait comme sa fille.

Kazu ferma les yeux.

— Je me suis alors interrogé. Pourquoi ces quatre personnes avaient-elles choisi d'aller voir ces défunts, alors que les règles du café ne leur permettaient pas de changer la réalité... ?

Il tourna une page de son carnet.

— Une jeune femme dit être allée à la rencontre de sa sœur morte dans un accident de voiture il y a sept ans. Une certaine Yaeko Hiraï... Vous la connaissez, n'est-ce pas ?

— En effet, répondit Nagaré.

La famille Hiraï possédait une vieille auberge à Sendaï, dont Yaeko, en tant qu'aînée, devait reprendre la gestion. Mais la jeune fille ne l'entendait pas de cette oreille et quitta le foyer dès ses dix-huit ans, comme une vulgaire fugueuse, à la suite de quoi elle avait été déshéritée. Seule sa cadette avait tenté, des années durant, de la convaincre de revenir. Un jour, alors qu'elle rentrait après une de ses visites à Yaeko, la jeune fille était morte dans un accident de la circulation.

Yaeko avait voulu remonter le temps pour la revoir.

— Ayant entendu dire qu'elle avait repris l'auberge familiale juste après son voyage dans le passé, je me suis rendu à Sendaï pour m'entretenir avec elle.

Sept ans s'étaient écoulés depuis et Yaeko Hiraï était devenue une patronne prospère.

— Je lui ai demandé : « Pourquoi être allée dans le passé voir votre sœur décédée, alors que vous saviez que vous ne pourriez pas changer la réalité ? » Cette question indiscrète l'a fait rire, et voici ce qu'elle m'a répondu : « Si j'étais devenue malheureuse à cause de la mort de ma sœur, celle-ci serait morte pour me rendre malheureuse, vous comprenez ? Voilà pourquoi je refuse d'être malheureuse. Je trouverai le bonheur, sans faute. Je m'en suis fait le serment. Ainsi, mon bonheur sera la preuve que ma sœur continue de vivre… » En entendant ses propos, je me suis aperçu que j'avais, pour ma part, fait fausse route. Jusque-là, j'avais toujours pensé qu'après le décès de ma femme, je ne pourrais plus jamais être heureux.

À ces mots, Kiyoshi baissa lentement les yeux sur le cadeau qu'il tenait dans ses mains.

— Votre femme est donc décédée… ? lui demanda Nagaré d'une petite voix.

— Oui…, répondit le policier d'un air gêné, comme s'il ne tenait guère à plomber l'ambiance. Voilà déjà trente ans.

— Et vous voulez vous rendre à son anniversaire ? s'enquit Kazu.

— Oui…, confirma Kiyoshi avec un regard en direction de la table du milieu. Ce jour-là, nous nous étions donné rendez-vous dans ce café, mais je n'ai pas pu venir à cause de mon travail. À l'époque, il n'y avait pas encore de téléphones portables, si bien qu'elle avait dû m'attendre jusqu'à la fermeture de l'établissement. Sur le chemin du retour, elle s'est retrouvée mêlée à un vol à main armé qui s'était produit dans le quartier...

Kiyoshi renfonça sa casquette sur son front.

— Je n'en avais pas la moindre idée. Pardonnez-moi d'avoir manqué de délicatesse..., dit Nagaré en s'inclinant devant lui.

Mais bien sûr, il ne pouvait pas deviner que son épouse était décédée.

J'aurais dû lui demander des explications. Quel manque de jugeote..., se morigéna le cafetier.

— Non, voyons, c'est moi qui aurais dû tout vous expliquer dès le début... Excusez-moi, protesta Kiyoshi en s'inclinant à son tour. Voilà trente ans que je vis avec ces regrets, en me disant que si j'avais tenu ma promesse, ma femme ne serait peut-être pas morte. Mais...

L'inspecteur marqua une pause et se tourna vers Kazu avant d'ajouter :

— ... les regrets ne ramèneront pas les morts à la vie.

Nagaré écarquilla soudain les yeux et regarda la serveuse.

Kazu...

On aurait dit qu'il avait voulu l'interpeller, mais que les mots étaient restés dans sa gorge.

Kazu, elle, posait sur la femme en blanc un regard vide.

Couvant des yeux son paquet, Kiyoshi ajouta à voix basse :

— Alors j'aimerais au moins pouvoir lui donner ceci de son vivant…

Dong, dong, dong…

La grande horloge sonnait huit coups.

Le policier se leva de son siège.

— Je vous en prie, laissez-moi retourner à ce jour… celui du dernier anniversaire de ma femme, il y a trente ans, dit-il avant de s'incliner profondément.

— Eh bien, voyez-vous, Kiyoshi…, bredouilla Nagaré, la mine toujours sombre.

Il tenait à choisir ses mots avec soin, comme pour ménager son interlocuteur :

— Enfin… c'est-à-dire que… vous comprenez…

Kiyoshi pencha la tête, perplexe.

— Les circonstances actuelles font que, même si je vous préparais le café, vous ne pourriez pas remonter le temps, poursuivit Kazu de son air impassible.

Alors que le patron paraissait gêné, la serveuse, elle, avait parlé aussi simplement que pour annoncer qu'ils ne servaient plus le déjeuner.

Kiyoshi la regarda, stupéfait.

— Je vois…, marmonna-t-il finalement, avant de fermer lentement les paupières.

— Kiyoshi…, tenta Nagaré.

— Ce n'est rien… En entrant dans le café, tout à l'heure, j'ai eu l'impression qu'il se tramait quelque chose, dit-il avec un sourire. C'est décevant, bien sûr, mais on n'y peut rien…

Détournant le visage, il balaya la pièce du regard, comme pour mieux dissimuler sa déconvenue.

En temps normal, il aurait demandé des explications. Mais il se garda de le faire. Son instinct et sa longue expérience d'inspecteur lui disaient qu'il aurait beau insister, il n'obtiendrait pas de réponse. Dans ce cas, inutile de s'attarder. Il s'en serait voulu de les déranger plus longtemps tous les deux.

Il esquissa un salut.

— C'est déjà l'heure de la fermeture, n'est-ce pas ?

Il saisit sa sacoche posée sur le comptoir et y rangea le cadeau.

Au même moment…

Paf.

La femme à la robe blanche referma son livre avec un bruit sec qui résonna dans la salle du café.

Kiyoshi laissa échapper un petit cri de surprise. La femme en blanc se leva lentement pour se diriger vers les toilettes, sans un bruit.

Le siège désigné était vide. S'il s'asseyait dessus, il pourrait se rendre au moment souhaité.

Kiyoshi fixa un instant la place restée libre.

Mais il n'y a personne pour préparer le café, se rappela-t-il alors. Voilà qui était malheureux, mais rien ne servait de se lamenter.

— Bien, je vous laisse, annonça-t-il.

Saluant Nagaré et Kazu, il s'apprêta à quitter les lieux.

— Kiyoshi, l'interpella Nagaré. Je vous en prie, donnez donc ce cadeau à votre femme.

Kiyoshi resta un moment interdit.

— Mais je croyais que le café de Kazu ne permettait plus de remonter le temps ?

— Ça va aller…

— Que voulez-vous dire ?

L'ancien policer avait passé un an à étudier les règles régissant le voyage dans le temps. Et il en avait retenu un principe majeur :

Seule une femme de la famille Tokita est à même de préparer le café permettant de remonter le temps.

— Veuillez patienter un instant, lui dit-il, et il disparut dans l'arrière-salle.

Kiyoshi lança un regard perplexe à Kazu, qui lui répondit avec son calme habituel :

— C'est que je ne suis pas le seul membre féminin de la famille Tokita…

Se pourrait-il qu'il y ait dans ce café une autre femme dont je ne connaissais pas l'existence ?

Perdu dans ses réflexions, Kiyoshi entendit Nagaré s'écrier depuis l'arrière-salle :

— Allez, dépêche-toi !

— Ho ho ho, le moment serait-il enfin venu pour moi d'entrer en scène ? lui répliqua une voix d'enfant à l'accent bizarre.

— Ah… ! laissa échapper Kiyoshi en reconnaissant son timbre.

— Pardonnez-moi de vous avoir fait ainsi attendre, mon bon monsieur, déclama Miki en sortant de l'arrière-salle.

Kiyoshi avait jusque-là supposé que seules les femmes adultes pouvaient servir le café.

— Est-ce donc vous qui souhaitez dans le passé retourner, mon bon monsieur ?

— Pour la énième fois, Miki, parle normalement, grommela Nagaré, exaspéré.

La fillette agita un index.

— Je regrette, mon cher, mais je ne suis pas quelqu'un de normal.

Nagaré haussa les sourcils, comme s'il s'attendait à cette réponse.

— Ah, comme c'est dommage ! Selon les règles, seule une personne normale peut préparer le café qui permet de remonter le temps…

— Je plaisantais ! Bien sûr que je suis normale ! répliqua aussitôt la fillette, prompte à retourner sa veste.

Nagaré soupira.

— Bon, très bien, maintenant dépêche-toi de te préparer.

D'un geste, il lui indiqua la cuisine.

— Entendu ! répondit joyeusement Miki.

Kazu avait assisté à cet échange sans faire le moindre commentaire, en retrait, comme si elle n'était déjà plus là.

— Kazu, tu veux bien l'aider ? lança Nagaré.

— OK, répondit la serveuse.

Elle salua Kiyoshi avant de s'éclipser à pas feutrés.

Le patron la regarda s'éloigner, puis se retourna vers Kiyoshi.

— Désolé, bredouilla-t-il en inclinant la tête.

Sans doute voulait-il s'excuser pour le comportement de sa fille, qui avait le mauvais goût de plaisanter alors que Kiyoshi cherchait à revoir son épouse défunte. Mais le policier, lui, ne s'en formalisait pas le moins du monde. Non seulement cet échange excentrique entre père et fille l'avait amusé, mais il était surtout heureux de savoir qu'il allait pouvoir retourner dans le passé. Il sentait même son cœur s'emballer un peu à cette idée.

— Jamais je n'aurais cru que la petite Miki pouvait servir le café, dit-il, les yeux rivés sur le siège désigné.

— Elle a fêté ses sept ans la semaine dernière…, dit Nagaré, le regard tourné vers la cuisine.

Les filles de la famille Tokita ne pouvaient pas servir le café avant d'avoir atteint l'âge de sept ans. Kazu lui avait déjà révélé ce principe, mais Kiyoshi l'avait oublié, jugeant qu'il n'était pas très important.

Kiyoshi s'avança alors lentement vers le siège permettant de voyager dans le temps, comme irrésistiblement attiré.

Je vais pouvoir retourner dans le passé.

Cette pensée lui mit du baume au cœur. Il se tourna vers Nagaré.

— Je vous en prie, asseyez-vous, lui dit ce dernier.

L'inspecteur prit une profonde inspiration puis s'assit sur la chaise, le cœur battant.

Une fois installé, il sortit le cadeau de sa sacoche – le fameux collier que Kazu l'avait aidé à choisir.

— Kiyoshi…

Nagaré s'approcha de lui tout en gardant un œil sur la cuisine.

— Qu'y a-t-il ?

Le géant se pencha pour lui glisser à l'oreille d'un air de conspirateur :

— Pour Miki, vous savez… C'est la première fois qu'elle prépare le café permettant de remonter le temps, alors, vous comprenez, elle est excitée comme une puce… Elle voudra sans doute vous expliquer les règles en détail. Cela m'ennuie de vous demander ça, mais comme c'est sa toute première mission… vous voudrez bien jouer le jeu, s'il vous plaît ?

— Bien sûr, répondit Kiyoshi avec un grand sourire, visiblement ému par cette marque d'amour paternel.

Peu après, Miki reparut à petits pas. Elle ne portait ni le nœud papillon ni le tablier de sommelier de Kazu, mais une robe rose avec un plastron bordeaux, vestige d'une blouse qui avait appartenu à sa mère et que son père avait retaillée pour elle.

De ses mains tremblantes, elle portait un plateau sur lequel étaient disposées une cafetière en argent et une tasse d'un blanc immaculé, dont la faïence tintait bruyamment à chacun de ses pas.

Postée à l'entrée de la cuisine, Kazu la couvait des yeux.

— Miki, l'interpella Nagaré lorsqu'elle arriva devant Kiyoshi, à partir d'aujourd'hui, c'est toi qui seras chargée de servir le café aux clients installés à cette table, entendu ?

Ce jour est donc venu…

Le cafetier éprouvait des sentiments contradictoires à l'idée que sa chère petite fille endosse ce rôle si particulier. Mais l'enfant n'avait aucune idée des pensées qui agitaient son père. Elle était bien trop occupée à s'efforcer de ne pas renverser son précieux chargement.

— Hein ? Quoi ? répondit-elle d'une voix paniquée.

Elle ne comprenait ni l'émotion de son père ni la gravité de la situation. Nagaré, lui, devait être heureux de la voir se comporter encore en enfant alors qu'il la regardait servir le café de son mieux.

— Peu importe…, soupira-t-il, avant de lui murmurer, le coin des yeux plissé : Bon courage.

La fillette ne lui prêta guère attention, pourtant.

— Vous connaissez les règles ? demanda-t-elle à Kiyoshi.

Le policier jeta un regard furtif à Nagaré, qui lui adressa un petit hochement de tête.

— Veux-tu bien me les expliquer, s'il te plaît ? répondit-il poliment à la fillette. Attends, je vais prendre ton plateau.

Acquiesçant d'un geste théâtral, elle lui confia son chargement puis, ne gardant que la cafetière en argent, entreprit de lui expliquer les règles.

Comme Kiyoshi était déjà bien au fait du règlement, l'exposé de Miki ne prit que deux ou trois minutes. Elle oublia de mentionner l'article selon lequel le voyageur ne pouvait quitter son siège, et certains détails furent expliqués un peu sommairement.

Bah, puisqu'il sait déjà tout ça, ça devrait aller…, songea Nagaré, qui écoutait aussi, posté à côté de leur client.

Visiblement satisfaite de sa présentation, Miki adressa un gloussement triomphant à son père, qui s'empressa de la féliciter :

— C'était parfait. Mais Kiyoshi attend…

— Tout de suite ! répondit joyeusement la fillette, et elle se tourna vers le policier. Vous êtes prêt ?

Jusqu'à présent, lorsque Kazu prononçait ces mots, l'atmosphère était si solennelle que même la température de la salle semblait baisser.

Avec Miki, c'était différent. Elle arborait un sourire serein, aussi tendre que l'amour d'une mère pour son enfant – une expression surprenante de la part d'une fillette de sept ans.

Si toute personne disposait d'une aura propre, celle de Kazu serait sans doute bleu clair, et celle de Miki, orange. L'atmosphère qui enveloppait cette dernière semblait à la fois chaleureuse et douce.

En voyant son sourire, Kiyoshi eut l'impression que la température ambiante avait augmenté de quelques degrés.

C'est aussi agréable que d'être enveloppé par les rayons du soleil printanier…, songea-t-il.

— Je t'en prie, dit-il avec un signe de tête.

— D'accord, répondit Miki, avant de claironner joyeusement : Tant que le café est encore chaud !

Sa voix résonna dans la salle.

Pas la peine de crier…, pensa Nagaré avec un sourire forcé.

Élevant la cafetière au-dessus de sa tête, Miki commença à verser le café, qui s'écoula tel un fil noir dans la tasse d'un blanc immaculé.

La cafetière devait être encore un peu lourde pour la fillette. Malgré ses efforts pour la tenir d'une seule main, le bec verseur oscillait, et un peu de café éclaboussa la soucoupe.

Miki avait beau se montrer sérieuse, son attitude n'avait rien à voir avec celle, solennelle, de Kazu, et ses efforts prêtaient à sourire. Tandis que Kiyoshi l'observait, captivé, la tasse fut bientôt remplie, et une légère volute de vapeur s'en éleva.

Au même instant, le paysage se mit à ondoyer autour de Kiyoshi. Pour le sexagénaire fraîchement retraité, le vertige signifiait généralement un malaise ou une altération inquiétante de son état physique.

Pas dans un moment aussi important… ! s'alarma-t-il.

Mais son inquiétude ne dura qu'un instant. Il remarqua bientôt que son corps même se muait en vapeur et il fut soulagé de constater que ce vertige n'était pas à mettre sur le compte d'une santé défaillante.

Son corps commença à flotter et le paysage tout autour de lui à défiler de haut en bas.

Il laissa échapper un petit cri – mais ce n'était pas sous le coup de la surprise. Non, il venait de se rappeler qu'il n'avait pas encore préparé ce qu'il allait dire à sa femme, qu'il n'avait pas vue depuis trente ans, au moment de lui remettre son cadeau.

Si je ne m'abuse, Kimiko ne savait même pas que l'on pouvait remonter le temps dans cet établissement…

Alors que sa conscience se dissipait peu à peu, Kiyoshi réfléchit à la meilleure façon de lui présenter son cadeau.

Kimiko, l'épouse de Kiyoshi, était une femme dotée d'un fort sens de la justice. Ils s'étaient rencontrés au lycée, et aspiraient tous les deux à devenir policiers.

S'ils avaient réussi les examens de recrutement, il y avait encore peu de postes pour les femmes à l'époque, si bien que Kimiko n'avait pu aller au bout de son rêve. Kiyoshi, quant à lui, avait été affecté dans un quartier où son travail avait été très apprécié, et à trente ans, deux ans après leur mariage, il s'était vu promu inspecteur à la Criminelle.

Kimiko s'était sincèrement réjouie de voir venu le jour où Kiyoshi était devenu inspecteur. Mais son mari, lui, commençait à craindre de ne pas être fait pour ce poste.

L'homme était d'un caractère plutôt doux. S'il avait voulu devenir policier, c'était en partie afin de pouvoir aider son prochain, mais aussi pour attirer l'attention de Kimiko, qui elle-même voulait exercer cette profession. Mais à présent que sa vocation se concrétisait, la réalité lui paraissait beaucoup plus difficile.

La première section de la police criminelle à laquelle il avait été affecté se consacrait aux homicides et autres violences volontaires. Il devait y faire face aux pires aspects de la nature humaine, à travers des affaires de meurtres motivés par l'appât du gain ou l'instinct de survie.

Kiyoshi n'avait pas la force nécessaire pour affronter cette réalité avec conviction et sens du devoir.

Si ça continue, je vais finir par me décourager…

En pleine crise de conscience, Kiyoshi avait décidé d'avouer à sa femme qu'il songeait à démissionner. Ne trouvant pas le bon moment pour le faire à leur domicile, il avait prévu de profiter de son anniversaire pour l'inviter dans ce café et aborder le sujet.

Le jour même, cependant, il avait été appelé en urgence au travail.

Tant pis, ce sera pour un autre jour…

Faisant passer ce travail qu'il détestait pourtant avant sa vie privée, il avait manqué leur rendez-vous.

Résultat, Kimiko s'était trouvée mêlée à une agression et n'était jamais rentrée.

Tout cela n'était qu'un malheureux concours de circonstances, il n'y avait pas d'autre façon de le décrire.

Comme Kiyoshi ne s'était pas présenté à l'heure convenue, Kimiko l'avait attendu jusqu'à la fermeture du café.

En sortant de l'établissement, elle avait tourné à droite pour s'engager dans une ruelle. Bien que sombre, le passage lui offrait un raccourci. Alors qu'elle rejoignait la gare à pied, elle avait croisé un voleur en train de dépouiller une vieille dame. Mue par son sens aigu de la justice, Kimiko ne pouvait supporter d'assister à un crime sans rien faire.

Elle avait commencé par réduire avec prudence la distance qui la séparait de l'agresseur pour lui parler calmement. Qui savait ce qu'il ferait à sa victime si elle élevait la voix ?

L'homme brandissait une arme blanche. Kimiko était convaincue néanmoins que si elle parvenait à détourner son attention, elle pourrait le raisonner.

— Hé là ! Qu'est-ce que tu fais ! avait soudain crié un homme, alors qu'elle s'approchait du criminel.

Celui-ci avait alors bousculé la vieille dame pour prendre la fuite dans la direction où se tenait Kimiko.

Dans son empressement, il avait trébuché et il était tombé, l'arme à la main, percutant la jeune femme au passage.

La lame qu'il brandissait – un simple cutter – n'aurait pas suffi à la tuer, ni même à transpercer ses vêtements s'il l'avait frappée à travers son manteau.

Hélas, il avait atteint son cou nu, lui tranchant net la carotide.

Cause du décès : hémorragie.

Si seulement j'avais honoré notre rendez-vous…

L'incident avait laissé une plaie béante dans le cœur de Kiyoshi.

Depuis, le seul fait de passer devant le café suffisait à lui donner des palpitations. Il souffrait de stress post-traumatique, une blessure psychologique qui affectait sa condition physique.

Ce genre de blessures est invisible – a fortiori chez les personnes qui, à l'instar de Kiyoshi, se sentent responsables de la mort d'un être cher. Elles sont par conséquent difficiles à soigner, pour la simple raison que les morts ne peuvent revenir à la vie.

Kiyoshi pensait avoir provoqué la mort de Kimiko en ne tenant pas sa promesse. Il avait beau savoir, intellectuellement, que c'était faux, son cœur, lui, n'en démordait pas. Tant et si bien qu'il avait fini par se dire : *Kimiko étant morte, je ne peux pas me permettre d'être heureux.*

Mais après s'être entretenu avec les clients du café qui étaient retournés dans le passé, il avait décidé que cela allait changer.

— Oh, quelqu'un vient vraiment d'apparaître ! s'exclama une voix d'homme, tandis que Kiyoshi revenait à lui.

À un moment donné, alors qu'il remontait le temps, il avait perdu conscience.

Debout derrière le comptoir, un homme l'observait fixement. Vêtu d'un tablier mal ajusté, il semblait se livrer à des expériences dans un laboratoire universitaire.

Kiyoshi lui adressa un petit salut. Aussitôt, l'homme, paniqué, s'écria : « Kanamé ! » avant de disparaître précipitamment dans l'arrière-salle.

Il n'a pas l'air fiable. Il est peut-être nouveau ? songea Kiyoshi en promenant lentement son regard dans la salle.

L'endroit était parfaitement à l'identique, malgré les trente années écoulées. Il n'avait « pas changé d'un pouce », comme on dit.

Me voilà dans le passé, pensa pourtant Kiyoshi, convaincu.

Pour une raison simple : l'homme avait appelé une certaine « Kanamé » – c'était le nom de la mère de Kazu, selon les dires de Kinuyo.

Hormis Kiyoshi, il n'y avait pas un seul client dans le café.

Alors qu'il rêvassait, une femme surgit de l'arrière-salle. Vêtue d'une robe à fleurs à col blanc et d'un tablier rouge foncé, elle avait le ventre visiblement arrondi.

Cette femme…

C'était Kanamé, alors enceinte de Kazu.

— Bienvenue, lui lança-t-elle avec un sourire avant de s'incliner.

Avec son air insouciant, elle semblait une tout autre personne que le spectre qui occupait habituellement ce siège.

Elle doit s'entendre facilement avec tout le monde, songea Kiyoshi en la voyant.

Derrière elle se tenait un homme qui regardait le nouvel arrivant comme s'il avait vu un fantôme.

— Vous ai-je fait peur en apparaissant à l'improviste ? demanda Kiyoshi à Kanamé, comme pour s'excuser.

— Veuillez pardonner à mon mari, c'est la première fois qu'il voit quelqu'un apparaître à cette place…, gloussa-t-elle.

— Désolé, marmonna l'intéressé d'une toute petite voix, le visage tout rouge, visiblement embarrassé par sa propre réaction.

— Je vous en prie, répondit Kiyoshi.

Ils ont l'air heureux, pensa-t-il.

— Êtes-vous venu voir quelqu'un en particulier ? s'enquit Kanamé.

— Oui, répondit Kiyoshi.

Elle parcourut la salle du regard, et son visage s'assombrit.

— Ne vous inquiétez pas, je sais exactement quand elle doit venir, s'empressa de préciser le policier en jetant un regard à la pendule du milieu.

— Ah, tant mieux…

Kanamé lui adressa un sourire radieux, visiblement soulagée.

L'homme posté derrière elle continuait de fixer Kiyoshi comme une bête curieuse. Une question vint soudain à l'esprit de l'inspecteur.

— Votre mari ne vous a-t-il jamais vue préparer le café ? demanda-t-il à Kanamé.

Comme il restait encore un peu de temps avant l'arrivée de Kimiko, il ne pouvait résister à l'envie de s'entretenir avec celle qui était la mère de Kazu.

— Il ne m'aide que les jours où il ne travaille pas, expliqua-t-elle. Et puis, le café que je prépare en ce moment ne permet plus de remonter le temps…

Kazu n'avait-elle pas tenu des propos similaires… ?

— Que voulez-vous dire ? demanda Kiyoshi.

Déformation professionnelle, sans doute. Il se moqua de sa manie de poser des questions, même dans pareilles circonstances.

C'est alors que Kanamé posa une main sur son ventre rebondi.

— C'est à cause de cette petite…, dit-elle avec un sourire radieux.

— Que voulez-vous dire ?

— Si le bébé est une fille, le pouvoir de sa mère lui est transmis dès la gestation…

Comment ?

Kiyoshi écarquilla les yeux.

— Est-ce que, par hasard, cette enfant devra attendre ses sept ans avant de pouvoir préparer le café qui permet de remonter le temps ?

— Tout juste ! Vous êtes bien renseigné ! s'étonna Kanamé.

Mais Kiyoshi ne l'écoutait déjà plus.

Kazu est donc enceinte. Pourtant… elle n'avait pas du tout l'air heureuse.

Si la serveuse se réjouissait de porter un enfant, elle devrait afficher le même sourire que sa mère en cet instant. Pourtant, ce n'était pas le cas.

Une pensée lui traversa l'esprit.

Se pourrait-il que…

Au même moment…

Ding-dong.

Alors que la clochette retentissait…

Dong, dong, dong…

La pendule du milieu sonna cinq fois. L'heure était venue pour Kimiko d'arriver.

Kiyoshi paniqua un instant, préoccupé par Kazu et Kimiko.

— On dirait que la personne que vous attendiez est là, remarqua Kanamé.

Le policier prit une profonde inspiration. Pour l'heure, il devait se concentrer sur son objectif.

— Bon…, marmonna-t-il.

Kanamé adressa un regard entendu à son mari, qui se retira dans l'arrière-salle. Délicate attention de la gérante, qui ne voulait pas déranger ses clients.

La nouvelle arrivante approchait, même si on ne la voyait pas encore depuis la salle.

Kimiko me reconnaîtra-t-elle ? se demandait Kiyoshi, le cœur battant.

Kimiko ne savait pas que l'on pouvait remonter le temps dans ce café. Jamais, donc, il ne lui viendrait à l'idée qu'un Kiyoshi sexagénaire y était venu lui rendre visite.

Cela n'empêcha pas le policier d'enfoncer un peu plus sa casquette en attendant son arrivée, juste au cas où.

— Bienvenue ! lança Kanamé.

Un instant plus tard, Kimiko fit son entrée.

Kimiko…

Kiyoshi leva imperceptiblement la tête pour la regarder.

La jeune femme balaya la salle des yeux, ôta son manteau léger et prit place à la table du milieu. Quelques pétales de cerisier accrochés à ses épaules voletèrent jusqu'au sol. Elle se trouvait à présent en face de Kiyoshi.

Kanamé lui apporta un verre d'eau.

— Puis-je avoir un café, s'il vous plaît ? demanda Kimiko.

— Tout de suite.

Après avoir pris sa commande, Kanamé jeta un coup d'œil à Kiyoshi, et elle lui adressa un grand sourire lorsque leurs regards se croisèrent.

— Nous servons uniquement du café en grains, que nous moulons au moment de le préparer, cela risque donc de prendre un moment. Cela ne vous dérange pas ? demanda la gérante d'une voix enjouée.

— Du tout, répondit aimablement Kimiko. J'attends quelqu'un, de toute façon.

— Dans ce cas, je vous en prie, mettez-vous à l'aise…, dit Kanamé en regardant Kiyoshi.

Puis elle s'éclipsa dans la cuisine, un air heureux sur le visage.

Kiyoshi et Kimiko étaient à présent seuls dans la salle – et assis l'un en face de l'autre.

Kiyoshi prit la tasse posée devant lui et fit mine de boire son café pour contempler le visage de Kimiko.

Trente ans auparavant, le Japon était au plus fort de sa bulle spéculative et la mode commençait à se diversifier. Les jeunes femmes de cette époque aimaient se pavaner dans les rues vêtues de tenues aussi coquettes que colorées.

Mais Kimiko, elle, ne s'intéressait guère aux dernières tendances ; ce jour-là, elle portait sous son manteau léger un pull marron et un tailleur-pantalon gris. Ses cheveux longs jusqu'aux épaules attachés en queue-de-cheval, elle était assise le dos bien droit, dans une attitude pleine de dignité.

Alors que Kiyoshi l'observait sous sa casquette de chasseur, leurs regards se croisèrent.

— Bonjour, lui lança-t-elle aussitôt avec un grand sourire.

Kimiko n'était pas quelqu'un de timide et elle ne manquait jamais de saluer les personnes âgées. Kiyoshi lui répondit d'un signe de tête ; elle ne semblait pas l'avoir reconnu.

Ça devrait aller…

— Kimiko Manda, c'est bien ça ? lui demanda-t-il.

— Pardon ?

La jeune femme sembla surprise d'entendre ce vieil homme inconnu l'appeler par son nom.

— Oui, c'est bien moi…, lui répondit-elle néanmoins. À qui ai-je l'honneur ?

Comme il seyait à une apprentie policière, elle réagissait avec calme face à cet événement inattendu.

— Voyez-vous, un certain Kiyoshi Manda m'a confié ceci…

— Mon mari ?

— Oui.

Kiyoshi allait se lever pour lui offrir le cadeau qu'il avait préparé, mais une voix s'écria :

— AH ! N-non, surtout pas !

Kanamé se précipita vers lui en soutenant son gros ventre. Les deux clients la regardaient, surpris par cette intervention soudaine.

— Monsieur, ne m'avez-vous pas dit tout à l'heure que vous souffriez d'un lumbago ? dit-elle en clignant des yeux avec exagération.

— Ah…

Le policier avait complètement oublié la règle selon laquelle, une fois dans le passé, on ne pouvait quitter le siège spécial. Il avait bien failli repartir aussi vite dans le présent.

— Aïe aïe aïe…

Il porta la main au creux de son dos, une grimace de douleur sur le visage. La comédie, qui sautait aux yeux, n'éveilla pourtant pas les soupçons de Kimiko.

— Oh ? Un lumbago ? Ça va aller ?

Elle se leva et le rejoignit à sa table, visiblement inquiète.

— Ç-ça va aller, oui…, répondit Kiyoshi.

Il sentit les larmes lui monter aux yeux devant la sollicitude de la jeune femme.

Kimiko se préoccupait sincèrement de tout un chacun et faisait preuve de gentillesse, sans discrimination. D'aucuns y voyaient une forme de curiosité malvenue ou d'hypocrisie, mais elle n'en avait cure. Dans le train, elle cédait sa place aux femmes enceintes et aux personnes âgées, et si elle voyait quelqu'un en difficulté dans la rue, elle s'empressait de venir lui parler.

Cela n'avait aucun rapport avec son désir d'intégrer les forces de l'ordre. Il s'agissait juste de sa nature, c'était ce qui faisait une grande partie de son charme et lui avait valu l'admiration de Kiyoshi dès le lycée.

— Êtes-vous sûr que ça va aller ? insista-t-elle.

— Oui, oui, répondit-il en fuyant son regard.

Il ne craignait pas particulièrement que son mensonge soit découvert. Simplement, la gentillesse de Kimiko lui avait terriblement manqué et le touchait en plein cœur.

— Soyez prudent, surtout ! lui lança chaleureusement Kanamé. Et n'oubliez pas de boire votre café tant qu'il est chaud…

Puis elle se retira une nouvelle fois dans la cuisine.

— Je suis désolé, dit Kiyoshi à Kimiko, tête baissée.

Celle-ci ne regagna pourtant pas son siège.

— Est-ce là ce que mon mari vous a confié pour moi ? lui demanda-t-elle, le regard posé sur les mains du policier.

— Ah, oui…

Kiyoshi s'empressa de lui tendre le paquet qu'il serrait entre ses doigts.

— Qu'est-ce que ça peut bien être ? murmura-t-elle.

— C'est votre anniversaire, non ?

— Pardon ?

— C'est aujourd'hui.

— Ah…

Les yeux écarquillés, Kimiko fixa la boîte.

— C'est un cadeau, m'a-t-il dit. Comme il devait se rendre à Yamagata en urgence pour son travail… il est passé il y a une demi-heure environ et m'a demandé de vous le remettre…

À l'époque, les téléphones portables n'étaient pas encore très répandus. Le seul moyen d'annuler un rendez-vous était d'appeler le lieu convenu pour demander à parler à la personne ou de contacter un proche afin de lui confier un message. Lorsque aucune de ces solutions n'était envisageable, on en était réduit à attendre des heures durant.

L'emploi du temps de Kiyoshi changeait souvent au dernier moment ; lorsqu'il avait rendez-vous avec Kimiko, il lui arrivait parfois de confier un message à un inconnu. Voilà pourquoi la jeune femme ne semblait pas surprise d'entendre de la bouche de ce vieil homme qu'elle rencontrait pour la première fois qu'il avait un cadeau à lui remettre de la part de son mari.

— Je vois…, marmonna-t-elle en déchirant le papier entourant l'écrin.

À l'intérieur se trouvait un collier orné d'un minuscule diamant.

Jusque-là, Kiyoshi ne lui avait jamais fait de cadeau pour son anniversaire. Son travail l'accaparait trop, mais il y avait aussi le fait que la date était une source de traumatisme pour la jeune femme.

Kimiko était née un 1er avril. Et depuis l'enfance, ses camarades faisaient souvent mine de lui offrir un cadeau pour le lui retirer aussitôt en criant : « Poisson d'avril ! »

Ces plaisanteries n'étaient sans doute pas malveillantes. Mais Kimiko, elle, était blessée de s'entendre dire « Poisson d'avril » après s'être réjouie de recevoir un cadeau.

Kiyoshi avait été témoin d'une telle scène au lycée.

C'était un 1er avril, pendant les vacances de printemps, alors que les cerisiers étaient en fleur. Leurs camarades de classe, réunis pour fêter l'anniversaire de l'adolescente, lui avaient offert un présent avant de s'écrier : « Poisson d'avril ! » Bien sûr, ils ne pensaient pas à mal ; ils lui avaient aussitôt redonné le cadeau, qu'elle avait accepté avec un merci en leur rendant leur sourire. Mais la tristesse qui avait voilé un instant ses traits n'avait pas échappé à Kiyoshi. Sans doute n'aurait-il pas remarqué ce détail s'il n'avait pas eu le béguin pour elle.

Même après qu'ils avaient commencé à se fréquenter, Kimiko avait tendance à prévoir autre chose pour le jour de son anniversaire, afin d'éviter de recevoir des cadeaux. Malgré tout, Kiyoshi tenait à fêter le dernier anniversaire de sa femme, et c'est dans ce but qu'il était revenu dans le passé.

Kimiko contemplait fixement le collier.

— Joyeux anniversaire, chuchota Kiyoshi.

Elle le regarda, interloquée.

— De la part de mon mari… ?

— Oui…

De grosses larmes se mirent à couler sur les joues de Kimiko.

Kiyoshi fut bouleversé par ces pleurs. Jamais, depuis leur première rencontre jusqu'à ce jour, il ne l'avait vue verser la moindre larme. Une femme forte, cramponnée à ses convictions quoi qu'il arrive : telle était la Kimiko qu'il avait toujours connue.

Même après avoir vu ses multiples candidatures refusées, Kimiko n'avait jamais pleuré. Elle s'était contentée de serrer les dents, en espérant que la prochaine fois serait la bonne. Voilà pourquoi Kiyoshi ne pouvait comprendre la signification profonde de cette réaction.

— Q-quelque chose ne va pas ? demanda-t-il craintivement.

Il n'était pas sûr qu'elle réponde à cette question d'un étranger. Malgré tout, il n'avait pu s'empêcher de la poser.

Murmurant un « Excusez-moi », elle regagna sa place pour prendre un mouchoir dans sa pochette et s'en tamponner les paupières.

Kiyoshi la regarda faire avec inquiétude.

Kimiko renifla discrètement avant de se bricoler un sourire.

— À vrai dire, je pensais que mon mari avait l'intention de rompre avec moi aujourd'hui..., déclara-t-elle.

— Pardon ?

Il n'en croyait pas ses oreilles. Quelle réponse inattendue !

Se pourrait-il qu'en voulant remonter le temps j'aie atterri dans une dimension parallèle ? se demanda-t-il.

— Ah, euh...

Il lui fallait dire quelque chose, mais les mots ne lui venaient pas. Afin de gagner du temps, il saisit sa tasse et but une gorgée. Le café avait déjà bien tiédi.

— Si cela ne vous dérange pas, accepteriez-vous de m'en dire un peu plus ?

La phrase, qu'il employait souvent lors des interrogatoires, lui avait échappé, comme par automatisme.

Kimiko eut un petit rire.

— Qui êtes-vous, au juste ? Un inspecteur ? le taquina-t-elle, les yeux rougis.

— Si vous vous sentez assez à l'aise pour m'en parler, bien sûr…

La remarque de la jeune femme l'avait mis un instant sur ses gardes, mais il ne pouvait repartir sans savoir ce qui avait provoqué ses larmes.

S'il est des choses dont on ne peut parler qu'avec des proches, il en est d'autres, à l'inverse, qu'on ne peut confier qu'à de parfaits inconnus.

Kiyoshi attendit patiemment que Kimiko reprenne la parole, sans essayer de lui forcer la main. Le temps allait lui manquer, mais il était prêt à prendre le risque. Kimiko se tenait debout, immobile, devant la table où il était assis.

Ce fut Kanamé, de retour avec un café fraîchement préparé, qui rompit finalement le silence.

— Je vous le pose ici ? proposa-t-elle en désignant non pas la table où s'était installée Kimiko, mais celle de Kiyoshi.

— Oui, merci, répondit Kimiko, pas troublée pour un sou.

Kanamé déposa le café et l'addition avant de repartir discrètement dans la cuisine.

Pochette en main, Kimiko s'approcha de la table de Kiyoshi.

— Vous permettez ? demanda-t-elle en désignant la chaise en face de la sienne.

— Bien sûr, répondit-il avec un sourire. Alors ?

Kimiko inspira profondément.

— Depuis six mois environ, mon mari n'a pas l'air en forme, et c'est à peine si nous discutons encore tous les deux, commença-t-elle. Il est souvent absent à cause de son travail et, ces derniers temps, même lorsqu'il rentre, tout ce que je l'entends dire, c'est «oh», «oui», «d'accord», «désolé», «je suis fatigué»…

Elle pressa une nouvelle fois son mouchoir sur ses yeux.

— Quand il m'a dit avoir quelque chose d'important à m'annoncer aujourd'hui…, j'ai tout de suite pensé qu'il voulait rompre…, poursuivit-elle d'une voix pleine de larmes.

Elle regarda le collier qu'il lui avait offert.

— J'étais sûre qu'il avait oublié mon anniversaire, aussi…

Couvrant son visage de ses mains, elle se mit à sangloter.

Kiyoshi n'en revenait pas : jamais l'idée ne lui était venue de quitter sa femme.

Il comprenait néanmoins son point de vue. À l'époque, les affaires importantes s'étaient enchaînées et il avait dû passer de nombreuses nuits blanches. Pour ne rien arranger, c'était aussi la période où il s'était demandé s'il était fait pour le métier d'inspecteur. Sans doute avait-il inconsciemment évité d'engager la conversation avec elle, craignant qu'elle ne se rende compte qu'il songeait à démissionner. Aux yeux de la jeune femme, son attitude avait dû passer pour de l'indifférence, signe avant-coureur d'une séparation.

Comment ai-je pu lui faire ça…

On ne connaît jamais vraiment le cœur des gens. Et lorsque l'on est dans la tourmente, on en vient même à ignorer les sentiments des personnes qui vous sont chères.

Kiyoshi ne savait pas quoi dire à cette épouse qui pleurait devant lui. En cet instant, aux yeux de Kimiko, il n'était qu'un parfait étranger, rencontré là par hasard. Et pour ne rien arranger, dans quelques heures elle allait se trouver mêlée à une agression et perdre la vie. Or il avait beau le savoir, il n'y pouvait rien.

Il tendit la main vers sa tasse de café dont, la paume collée dessus, il sentait baisser la température.

Un instant plus tard, il prononça ces mots, se surprenant lui-même :

— Pas une fois depuis notre mariage je n'ai songé à te quitter…

Il ne pouvait changer la réalité, il le savait. Mais il ne pouvait supporter l'idée que Kimiko meure en proie à une telle angoisse. Il voulait lui révéler son identité, éliminer ne serait-ce qu'une seule des raisons de sa souffrance, même si elle ne le croyait pas. Et cela, lui seul le pouvait.

— Je suis venu de trente ans dans le futur…, dit-il d'un ton gêné à Kimiko qui le regardait avec des yeux écarquillés. Quand je parlais d'une annonce importante, je ne pensais pas du tout à une séparation…

Il toussa doucement et se redressa. Il n'en menait pas large, sous le regard fixe et insistant de Kimiko, aussi baissa-t-il encore sa casquette sur son visage.

— Ce que je voulais te dire, c'est que je songeais à quitter la police…, marmonna-t-il.

Dissimulé sous sa visière, il ne pouvait voir l'expression de Kimiko tandis qu'elle l'écoutait. Il poursuivit néanmoins.

— Devoir me rendre tous les jours sur des scènes de crime et me confronter à des gens qui ne font aucun cas des êtres humains... c'était épuisant. Voir ces types s'en prendre en toute impunité à des enfants et à des personnes âgées, ça ne me procurait même plus de la tristesse, mais du désespoir... C'était si dur... On avait beau les interpeller, les affaires n'arrêtaient pas. Il m'arrivait de penser que tout ce que je faisais ne rimait à rien... Mais je craignais, si je te le disais, que... tu te mettes en colère... Alors, je n'ai pas su trouver les mots...

Il ne lui restait plus beaucoup de temps avant que le café ne refroidisse tout à fait. Il n'était même pas sûr d'avoir convaincu Kimiko. Mais il était décidé à lui dire ce qu'il avait sur le cœur :

— Mais ne t'inquiète pas. Je n'ai pas démissionné...

Il prit une profonde inspiration.

— Et je ne t'ai pas quittée non plus..., ajouta-t-il d'une toute petite voix.

Il avait les paumes trempées de sueur, remarqua-t-il. Kimiko, elle, restait silencieuse.

En désespoir de cause, il contempla fixement sa tasse. Il lui avait enfin dit tout ce qu'il avait sur le cœur. Certes, il avait très peur de voir quelle expression elle affichait à présent, mais il n'avait aucun regret.

— Bon, c'est l'heure... Je vais y aller.

Il tendit la main vers sa tasse.

— Je m'en doutais... C'est donc bien toi, Kiyoshi ? murmura alors Kimiko d'une voix encore teintée d'incrédulité.

Elle l'avait pourtant appelé par son prénom, comme elle l'avait toujours fait depuis le lycée.

Le policier sentit les larmes lui brûler les yeux en l'entendant prendre ce ton si familier. Un détail, cependant, le tracassait. « Je m'en doutais », avait-elle dit. Pourtant, elle n'était pas censée savoir que l'on pouvait remonter le temps dans ce café.

— Comment… ?

— Cette casquette…

— Ah…

Ce couvre-chef qu'il arborait en toutes circonstances était un cadeau que lui avait fait sa femme lorsqu'il avait été promu inspecteur – elle s'était rendue chez un chapelier pour commander un modèle sur mesure.

— Tu as donc continué de la porter… ? demanda-t-elle en regardant la casquette tout usée.

Puis elle esquissa un sourire radieux.

— Oui…

Voilà trente ans qu'elle lui avait fait ce cadeau. Il ne pouvait s'imaginer vivre sans.

— Ton travail était si dur ?

— Eh bien…

— Pourquoi n'as-tu pas démissionné ? demanda Kimiko d'une voix éteinte.

Persuadé que c'était parce qu'il avait manqué leur rendez-vous que Kimiko s'était trouvée mêlée à l'agression qui lui avait coûté la vie, Kiyoshi n'avait jamais pu se défaire de son sentiment de culpabilité. Il avait donc continué de travailler comme inspecteur – c'était comme une forme de châtiment pour lui.

Sous sa casquette, Kiyoshi planta ses yeux dans ceux de Kimiko pour lui répondre :

— C'est grâce à toi…

— À moi ?

— Oui.

— Vraiment ?

— Oui.

Il n'y avait pas la moindre trace d'hésitation dans sa réponse.

Soudain, il sentit un regard posé sur lui depuis la cuisine. C'était Kanamé, qui se contenta de cligner une fois des yeux, en silence.

Le moment est venu, semblait-elle lui dire.

En la voyant ainsi, la main posée sur son ventre arrondi, Kiyoshi repensa à Kazu.

Elle est sans doute dans la même situation que moi…

Kiyoshi adressa un signe de tête à Kanamé puis regarda son café.

— Bien, je vais devoir repartir…

— Kiyoshi…, murmura Kimiko, alors qu'il portait sa tasse à ses lèvres.

Elle avait dû lire dans leur échange de regards que le moment des adieux était venu.

— Dis-moi… Est-ce que tu as été heureux ? lui demanda-t-elle faiblement.

— Bien sûr.

Kiyoshi termina son café d'un trait et sursauta : il était déjà en dessous de la température ambiante.

Si elle ne m'avait pas alerté, je l'aurais peut-être laissé refroidir totalement…

Il tourna son regard vers Kanamé, qui lui adressait un sourire d'une beauté indescriptible.

Le vertige s'empara de lui une nouvelle fois tandis que le paysage se mettait à défiler de haut en bas. Aussitôt, son propre corps se mua en vapeur d'une blancheur immaculée.

— Merci…

Lorsqu'il baissa les yeux vers Kimiko, celle-ci désignait le collier autour de son cou.

— … pour ce cadeau.

— Il te va très bien, dit-il avec un sourire timide, sans savoir si elle pouvait encore l'entendre.

— Il est de retour ! s'écria Miki alors que Kiyoshi reprenait connaissance.

La fillette fit volte-face et sourit de toutes ses dents à Nagaré, avec la satisfaction du travail bien fait : le tout premier client qu'elle avait envoyé dans le passé était revenu.

— Tant mieux, répondit Nagaré en tapotant la tête de sa fille avec un soupir de soulagement.

Seule Kazu affichait son air habituel tandis qu'elle commençait à débarrasser la tasse de Kiyoshi à la place de Miki, encore tout à son excitation.

— Tout s'est bien passé ? demanda la serveuse.

— Vous êtes enceinte, n'est-ce pas ? laissa échapper Kiyoshi en guise de réponse.

Patatras…

Le fracas d'un plateau heurtant le sol résonna dans le café. C'est Nagaré qui l'avait fait tomber.

— Tu en fais du bruit, papa ! le tança Miki.

— D-désolé…

Nagaré ramassa précipitamment le plateau.

— Oui, répondit Kazu à l'inspecteur sans paraître troublée.

— Comment le savez-vous ? bredouilla Nagaré.

— J'ai rencontré votre mère alors qu'elle était enceinte..., expliqua Kiyoshi en s'adressant à Kazu. Elle m'a dit ne plus pouvoir préparer le café qui permet de remonter le temps…

— Je vois, répondit Kazu.

Puis elle partit laver la tasse de Kiyoshi dans la cuisine.

Au même instant, la femme en blanc – Kanamé – revint des toilettes.

Kiyoshi se leva et lui adressa un salut discret avant de lui rendre sa place, tandis que Kazu sortait de la cuisine avec un café pour sa mère.

— Votre mère semblait heureuse, souffla Kiyoshi à la serveuse.

Celle-ci se figea alors qu'elle s'apprêtait à poser la tasse sur la table.

Son hésitation n'avait duré qu'une seconde, mais Nagaré comme Kiyoshi guettèrent sa réaction en retenant leur souffle.

— Ah…

Ce fut Miki, finalement, qui rompit ce silence étouffant :

— Regardez !

La fillette s'accroupit pour ramasser quelque chose par terre. Serré entre son pouce et son index, elle leur montra un pétale de fleur de cerisier. Il avait dû voleter depuis la tête ou l'épaule de quelqu'un…

Il suffit d'un pétale pour annoncer la venue de la nouvelle saison.

— C'est le printemps, déclara Miki en brandissant sa trouvaille.

Kazu lui adressa un sourire bienveillant.

— Depuis ce fameux jour où ma mère est partie dans le passé pour ne plus en revenir… (elle parlait d'une voix calme) j'ai toujours eu peur d'être heureuse.

Ces mots ne semblaient s'adresser à personne en particulier. Tout au plus paraissait-elle parler à la salle.

— Car ce jour-là, ma mère a disparu soudainement… et avec elle, ma vie heureuse et le bonheur des personnes auxquelles je tenais se sont évanouis en un instant.

Une larme coula sur la joue de la serveuse.

Depuis le jour où Kanamé n'était pas revenue de son incursion dans le passé, Kazu ne s'était plus fait aucun ami à l'école. Elle avait trop peur de les perdre. Au collège et au lycée, elle n'avait fréquenté aucun club. Elle refusait systématiquement les invitations. Dès la fin des cours, elle s'empressait de rentrer à la maison pour donner un coup de main dans le café. Elle ne communiquait avec personne et ne montrait aucun intérêt pour les autres.

Je n'ai pas le droit d'être heureuse…

Tel était le précepte selon lequel elle avait vécu toute sa vie. Kazu s'était entièrement dévouée à cet établissement. Elle se contentait de servir le café, inlassablement, sans rien demander, sans rien espérer… comme pour expier sa faute envers sa mère.

Les yeux de Nagaré aussi étaient noyés de larmes. C'étaient celles d'un homme qui, depuis ce jour, n'avait cessé de veiller sur elle.

— J'étais pareil…, murmura Kiyoshi. Je me disais que si j'avais tenu ma promesse, peut-être que ma femme ne serait pas morte. Que c'était à cause de moi, car j'avais raté ce rendez-vous, et que pour cette raison, je ne méritais pas le bonheur…

Je n'ai pas le droit d'être heureux tout seul.

Il s'était enfermé dans cette idée.

— Mais les personnes que j'ai rencontrées dans ce café m'ont aidé à comprendre que j'avais tort.

Kiyoshi n'avait pas seulement étudié les cas de Kanamé et de Hiraï, qui était partie revoir sa sœur décédée. Il y avait aussi cette femme qui était allée à la rencontre de son ex-petit ami, et cette autre dont le mari perdait la mémoire.

Au printemps précédent, un homme avait voulu retrouver son meilleur ami décédé vingt-deux ans auparavant, et à l'automne, un fils avait rendu visite à sa mère morte de maladie. Puis, en hiver, un jeune homme était venu du passé ; même s'il savait qu'il allait mourir, il tenait à souhaiter tout le bonheur possible à son amoureuse.

— Les mots qu'il a laissés sont restés gravés dans mon cœur.

Kiyoshi sortit son petit carnet noir.

— « *… Si tu retrouves à présent le bonheur, cet enfant aura mis ces soixante-dix jours à profit pour te rendre heureuse. Sa vie prendra alors toute son importance. C'est toi, et toi seule, qui pourras donner un sens à la vie de ce bébé. Voilà pourquoi tu dois absolument être heureuse. Personne ne le souhaite plus fort que cet enfant…* », lut-il à voix haute. Autrement dit… c'est la façon dont je vis ma vie qui fera le bonheur de ma femme…

Cette page en particulier semblait usée et couverte de traces de doigts, comme s'il l'avait lue et relue maintes et maintes fois.

Une nouvelle larme coula sur la joue de Kazu.

Kiyoshi rangea son carnet dans la poche intérieure de sa veste et renfonça sa casquette.

— Quoi qu'il arrive, je ne peux croire que votre mère soit restée dans le passé pour vous rendre malheureuse… Alors, je vous en prie, gardez cet enfant… Et n'oubliez pas…

Il prit une inspiration avant d'ajouter à l'intention de Kazu, qui lui tournait le dos, les yeux rivés sur Kanamé :

— Vous avez le droit d'être heureuse.

Kazu ferma les yeux sans dire un mot.

— Merci pour le café.

Kiyoshi fit tinter ses pièces, les déposa sur le comptoir puis se dirigea vers la sortie. Nagaré lui adressa un petit signe de tête.

— Ah, j'oubliais…

Arrivé devant la porte, le vieux policier s'arrêta et fit volte-face.

— Un problème ? demanda Nagaré.

— Non…, répondit Kiyoshi, avant de se tourner vers Kazu : le collier que vous aviez choisi a beaucoup plu à ma femme…

Avec un salut, il quitta le café.

Ding-dong.

Le silence revint dans la salle.

Sans doute soulagée d'avoir mené à bien sa mission, Miki commença à dodeliner de la tête, sa main dans celle de son père.

— Je me disais aussi…

Comprenant la raison pour laquelle sa fille se montrait soudain si calme, Nagaré la souleva avec un « Ho ! hisse ! ».

Le pétale de cerisier s'échappa des doigts de la fillette pour aller voleter jusqu'au sol.

— Le printemps, hein… ? murmura le cafetier.

— Grand frère…

— Hmm ?

— Je…

— …

— Crois-tu que j'aie le droit d'être heureuse ?

— Bien sûr.

— …

— La relève est déjà là…, déclara Nagaré en désignant Miki. Ne t'inquiète pas…

Puis il disparut dans l'arrière-salle.

— Oui…

Le long hiver touchait à présent à sa fin. Le paysage n'avait pas changé depuis ce fameux jour.

— Maman…

Au plafond, le ventilateur en bois tournait lentement.

— Je…

Trois grandes horloges indiquant des heures différentes. Des lampes à abat-jour qui éclairaient une pièce aux tons sépia.

Dans la salle où le temps semblait s'être arrêté, Kazu inspira lentement et porta la main à son ventre.

— Je vais être heureuse, murmura-t-elle.

Alors, les yeux toujours plongés dans son roman, Kanamé esquissa un tendre sourire. C'était le même sourire qu'elle avait adressé à Kazu avant sa naissance.

— Maman… ?

Alors que la serveuse prononçait ce mot, le corps de Kanamé s'envola telle une volute de vapeur s'échappant d'une tasse de café tout juste servi.

Le nuage de brume sembla flotter un moment en l'air avant de disparaître, comme aspiré par le plafond.

Kazu ferma les yeux.

Lorsque Kanamé eut disparu, un gentleman d'un certain âge apparut à sa place. Saisissant le livre posé sur la table, il l'ouvrit à la première page.

— Puis-je avoir un café, s'il vous plaît ? demanda-t-il à Kazu.

Restée un moment immobile et muette, les yeux rivés sur le plafond, la serveuse se tourna lentement vers ce nouveau client pour lui répondre :

— Tout de suite.

Puis elle se dirigea d'un pas assuré vers la cuisine.

Les saisons se succèdent, inlassablement.

La vie même connaît des hivers rudes.

Mais à chaque hiver succède le printemps.

Ici aussi, le printemps était arrivé.

Celui de Kazu ne faisait que commencer.

Du même auteur
aux éditions Albin Michel :

Tant que le café est encore chaud, 2021
Le Café où vivent les souvenirs, 2023

Découvrez le début du nouveau roman de Toshikazu Kawaguchi, disponible aux Éditions Albin Michel :

Le Café où vivent les souvenirs

ROMAN TRADUIT DU JAPONAIS PAR GÉRALDINE OUDIN

Titre original :

BEFORE YOUR MEMORY FADES
Chez Sunmark Publishing, Inc., Tokyo, Japon, 2018.

1

La jeune femme qui voulait passer un savon à ses parents

— Qu'est-ce que tu fais à Hokkaidô ? Tu peux m'expliquer ?

La voix stridente de Kei Tokita résonnait dans le combiné.

— Calme-toi, voyons, répondit Nagare Tokita, qui n'avait pas parlé à sa femme depuis dix ans mais n'avait pas le temps de se laisser aller à la nostalgie.

Nagare se trouvait effectivement sur l'île la plus septentrionale du Japon. À Hakodate, plus précisément.

Hakodate compte de nombreux édifices d'inspiration occidentale datant du début du XXe siècle; çà et là, on croise une maison au rez-de-chaussée japonais dont l'étage est de style étranger. Au pied du mont du même nom s'étend le pittoresque quartier de Motomachi, célèbre pour son ancien hôtel de ville et pour les entrepôts en brique rouge du port. Ce haut lieu touristique abrite également le plus vieux poteau téléphonique de section carrée du Japon.

Kei appelait du *Funiculi Funicula*, un café tokyoïte dans lequel il était possible de voyager dans le temps. Elle venait de faire un bond de quinze ans dans le futur pour rencontrer sa fille, mais elle devait retourner à son époque avant que son café ne refroidisse. À Hokkaidô, Nagare n'avait aucune idée de la température de la tasse. Il opta donc pour la concision :

— Je n'ai pas le temps de t'expliquer. Écoute-moi bien.

— Comment ça, tu n'as pas le temps ? Mais c'est moi qui n'ai pas le temps ! protesta Kei tout en sachant pertinemment que son mari avait raison.

Nagare ne releva pas.

— Est-ce qu'il y a une collégienne dans la salle ?

— Quoi ? Une collégienne ? Oui, elle est devant moi. Tu sais, elle était venue du futur il y a deux semaines, pour qu'on prenne une photo ensemble.

Pour Kei, la rencontre avait eu lieu quinze jours plus tôt, mais pour Nagare, elle remontait à quinze ans. Il voulait éviter tout malentendu au cas où une autre adolescente se serait trouvée dans le café au même moment.

— Elle porte un col roulé et elle te fixe avec de grands yeux ?

— Oui, pourquoi ?

— Ne panique pas. Tu es actuellement quinze ans dans le futur, et pas dix.

— ... Je t'entends mal !

C'est toujours quand on a quelque chose d'important à se dire que le vent se lève. À cet instant, il soufflait si fort dans le téléphone portable de Nagare que Kei ne comprenait pas grand-chose aux paroles de son mari. Mais le temps était compté et Nagare s'impatientait.

— L'important, c'est que cette fille..., commença-t-il en haussant la voix.

— Quoi, cette fille ?

— C'est la nôtre !

— Pardon ?

Kei s'était tue. Nagare entendit l'horloge du *Funiculi Funicula* sonner dans la pièce où elle se trouvait. Il poussa un petit soupir et résuma calmement la situation :

— Tu nous avais donné rendez-vous dix ans dans le futur, mais par je ne sais quelle erreur, tu es arrivée 15 ans plus tard. Il y a probablement eu une confusion entre 15 heures dans dix ans et 10 heures dans quinze ans. C'est bien ce que l'horloge du milieu indique, non ?

— Si…

— Tu nous l'as dit quand tu es revenue dans le présent, mais pour des circonstances indépendantes de notre volonté et que je n'ai pas le temps de t'expliquer, on est à Hokkaidô en ce moment. Quoi qu'il en soit…

Jusque-là, Nagare avait parlé d'une traite. Il marqua une pause, puis reprit avec douceur :

— Quoi qu'il en soit, je sais qu'il ne reste pas beaucoup de temps, mais admire notre fille qui, comme tu peux le constater, a bien grandi et se porte à merveille.

Après quoi il raccrocha sans prévenir. De là où il se tenait, il pouvait voir la route descendre en ligne droite vers le port de Hakodate. Il tourna les talons et s'engouffra dans le café.

TOSHIKAZU KAWAGUCHI
AU LIVRE DE POCHE

PAPIER À BASE DE FIBRES CERTIFIÉES

Le Livre de Poche s'engage pour l'environnement en réduisant l'empreinte carbone de ses livres. Celle de cet exemplaire est de :
200 g éq. CO_2
Rendez-vous sur www.livredepoche-durable.fr

Composition réalisée par Lumina Datamatics, Inc.

Achevé d'imprimer en France par
CPI BRODARD & TAUPIN (72200 La Flèche)
en novembre 2023
N° d'impression : 3055236
Dépôt légal 1re publication : octobre 2023
Édition 04 - novembre 2023
LIBRAIRIE GÉNÉRALE FRANÇAISE
21, rue du Montparnasse – 75298 Paris Cedex 06

72/0587/6